南方《なんぽう》文筥《ふばこ》

MM国日記 ―ある日本語教師の記録―

広田 杜彦

目次

二〇一六年四月二五日、途上国のMM国に日本語教師として赴任。六三歳、公立学校の国語教師が退職後、三年間私学で教鞭を執った後のことであった。以下はその約二年間の期間に綴った愚見である。

変質した教育現場

MM国に渡る前、子供のいじめと自死が社会問題化する中、その教育者たちの現場で起こったことである。大人として恥ずべき事態と言える。

これらの話は日本人の徳性と言われているものが負の連鎖に転換してしまう一例と言えるものかもしれない。例えば、「勤勉」は「過労死」に至り、「几帳面さ」は「不寛容」と「他者の疎外」へ。さらに「和の尊重」は「建前社会」へ、または「相互依存（甘え）」から「隠蔽体質」へなど。対処療法に「打ち出の小槌」はない。我々の価値観そのものを見直さねばならないことを示している。これら表裏一体のものについて再考が必要である。

教育現場でのことである。教師生活三八年で初めてのことで、これは決して一般的な事例ではない。ベテラン教師によるベテラン教師へのパワーハラスメントである。教育界にいじめが存在することは、子供のいじめをなくす前に大人がすべきこと、価値転換の必要性が我々の側にあることを物語っている。

平成二七年度は、まことに曰く言いがたい状況で始まった。

はっきりといつだったか分からないが、新たに科の主任となった方から一方的に断絶通知を受け、無視され続けた。新主任が、私と同じ空間にいないようにするので、非常に困った。記憶に残る言葉は「あなたとはお話ししません」、「ご自分を律してはいかがですか」、「あっち行って」などである。そして、前任者の科主任であったK氏から「理不尽だと思いますし、言いたいこともいろいろあるかと思いますが、自分から修復に動かないということでお願いします」と言われ、管理職やカウンセラーへの相談も封じられて、八方が塞がる。この旧科主任K氏こそ、若年ながら理念と話し合いでものごとを進める出色の逸材であって、彼の周りには理科や数学や英語の協力的なスタッフが集合し、強力なチームを形成していた。理科の教員は心底生徒思いの教師であり、数学の教師は数学を教えることに誇りを持っていた。英語教師は留学経験もあるベテラン。科として、卒業後の進学結果もそれなりに出ていた。今でも私が帰国すると集まって来て飲む仲間である。それが急遽女子生徒獲得を目標に、主任が女性教員にすげ替えられたのだ。そして始まった私へのパージ。他に被害者は非常勤にもう一人いて、彼女は迫害されるまま辞めていったが、私は、新主任には人に言えない「心療内科の病」などがあるのかもしれない、などとおもんぱかりつつ、しかしその間に、すべてを妨害され、私の羅針盤は壊れ始める。会議では一切の意見を封殺され、その後、前年度に私が提案した「社説要約課題法」など複数の教材が、特注された専用の記述用紙などを多数残して、会議の結果、実施の差し止めが決まったりした。

「十訓抄」三六段を読み直してみた。一部を抜粋すると「人は心に合わぬ事のあればとてもの恨みの先立つまじきなり。たとひ相違も出でき 約束の変改あるにても 心長く過ぐしたらむは くねり腹立ちたらむよりも（よきことなり。）かなはぬものゆゑ、いちはやくふるまへば かへりてしらけもし 大いに悔しき事も出で来たるなり」

私と彼女が同一会場にならないよう、周囲が配慮を巡らせるようになるが、とにかく忍従に徹した。しかし、職場では生きる場所を失っていった。周囲も知っている人は知っているという状況で、私自身は生徒への接し方に影響が出ないように注意し、新主任になったその方が、いつか「気づいてくれること」を祈った。新主任はお茶の水女子大学出身の才媛でもあり、かつては自身が職場でいじめにあっていたことすらも、私に告白していた人であっただけに私の受けた衝撃は小さくなかった。

その前年、女性教師集団による新人いじめもあって、こちらには深く関わってしまっていた。当時の管理職のひいきが誘因とも言えるが、資格も立場もない私個人が、自分が見聞きした事実だけに基づいて動き、逆恨みも受けるが、やや小康状態で落ち着いた。いずれの事例も加害者のストレスが方向性を誤って、弱者に向かった時に起こっていて、「和の原理」も解決を遠ざける。被害者の勤労意欲は著しく阻害される。授業だけは放棄しないものの、ほとんど働いていない感じと言ってよい。教師は本来、指導理念や実績や教授技術で競わなければならない。新人いじめを「場外乱闘」と前任者の主任K氏が唱えたのが印象的だった。以上が学校の教師同士によるいじめの実態である。もう一度大人たちが自分自身のありようを考えないと、日本は物が豊かなだけで、洗練された国家には決してなれない。

学校での立ち位置の喪失で方向舵を失った私は、沈没するのか、迷走を始めるのかと思われたが、船は異なる大陸を探すことでようやく落ち着き前に進み出した。

以前より希望していた「日本語教師養成講座」、月、水、金曜日、夜間六時半～九時半に通い始めたのである。これがMM国渡航へと繋がる。妻の応援もあり、毎朝五時半起床、夜一〇時半帰宅が週三日をほぼ皆勤できた。

MM国渡航前、これもすでに四回目の挑戦になるが、JICA（国際協力機構）のボランティアにも応募していた。嘗て三回ともマッチング不適で合格していなかったものである。毎回、健康診断書の費用二万円も痛い。今回これが、なんと一次合格し、東京へ二次試験を受けに行くことになったのである。四五〇人から一〇人程度に絞られて、あと半分にされるくらいのところの関門である。「捨てる神あれば拾う神あり」一次合格だけで、その時の私は「お前なんかこの世にいなくていいんだ」という、職場で聞こえた「闇からの邪鬼の声」を聞かずに済むようになったのである。それほど、学校社会しか知らなかった私は、職場疎外からのダメージが大きかったということだ。

それからマイナスひとつ。「日本語教育能力検定試験」はG不合格。「マークシートミスでは？」、と指導教官から慰められたが、これは残念だったが、養成講座同期で教員卒業生は三人みな不合格だった。意外と難関。

JICA二次発表は二月上旬に迫っていた。そして結局は、不合格ではあって、理由は「スキルが不足している」ということだった。

すぐに国際日本語研修協会（IJEC）をネットに訪ね、自力開拓に移る。一一件応募。すでに勤務校には退職届は提出済み。退路は断った。

やがて扉が半分開く。TH大学常勤講師MM国派遣、面接試験のため名古屋に赴く。ところが、まずブラックな表示を傘下の専門学校掲示板に発見してしまう。

「除籍通知：下記の者授業料未納と行方不明のため学籍を除する」こんな紙が四枚。その横には累積三〇名以上の一覧表。「不法就労の温床」というフレーズが浮かぶ。しかし、MM国出身者は少ないという。裏を含みつつ派遣への道は続く。

総長氏は読書家ではなかった

さらに大学創設者なる人物の部屋に通される。社長室めいているが書籍というものが一冊もない。みな頭を低く下げている。江戸の貿易商T屋S郎次郎の一七代目らしい。机上の役職氏名表示が螺鈿象嵌というのも前代未聞。その部屋でMM国の日本語学校設立者であるKyu Kyu 氏とskype で会話。私からの質問「N1N2をめざす生徒はいるのですか」「生徒の親の仕事はどのようなものがありますか」など、答え「N5目標です」「ゴム園などです」で、昼食、創設者氏と事務関係者三名とカンボジアの生徒一名（日本語が流暢）で、行きつけらしき洋食店で1300円のステーキランチ。創設者氏は1600円。私の国内交通費36000円をここで受領。JR切符のコピーの領収書、現金は裸のまま。ノーサイン。私が書く受領書はない。金の扱いが粗雑に思える。

補習中という三つの教室を見学する。この専門学校の統括者K女史は出色。授業前に、ベトナム人で携帯を窃盗し逮捕された者の新聞記事をかざし、「○○君大丈夫？　○○さんの恋人じゃない？」「日本人にも悪い人がいます。ベトナム人にも悪い人がいます。気をつけましょう」肝っ玉母さんである。授業が始まった。教材は「まるごと」シリーズ（初級）（三修社）と「とびら」（上級）（くろしお出版）。ベトナム語・カンボジア語・中国語その他が飛び交う空間で、初級は喧噪の中で、上級は静粛な中で、教育という営みの「すがた」が見えた。教材が真ん中にあって、学ぼうとする者と教えようとする者の戦いの場である。髪の色も服装もそれぞれ、年齢も一七歳から三二歳まで、懶惰に抗いながら目をこする学生と、満足を得ることにほど遠い先生方の表情が印象的だった。ここにはたしかに「教育」がある。

出国と入国管理にも大変な苦労があるという。また、中国人はすぐキレる。ベトナム人は我慢強い。ミャンマー人はさらにおとなしい。そして、その逆の順に突然壊れるという。住居は四人で一部屋をシェア、１５０００円／一人を超えないように斡旋する。盗品を捌くシンジケートが中国・ベトナムにはあり、冷蔵庫大までは難なく運ぶという。日本語教育の最先端は法治国家の輪郭に触れてくる場所でもあった。中国経済肥大化の影響が強く出ているのはフィリピンと韓国、両国内の中国語学校の急増。日本語は需要漸減。MM国は軍政から民政へ、経済成長に向かっている。日本語教育者需要の環境は経済発展の後塵を拝しながら進んだり後退したりする。そんなところに今から向かおうとしている。Kyu Kyu氏は四九歳で過去日本に二〇年いて、自国の自分の学校から日本での成功者を出すことが夢らしい。この夢には価値と未来がある。

Jyn mon thy 氏、ＭＭ国出身で、今はここの事務員をしているが、母親が病気になり帰国するという。ＭＭ国で助けてもらうかもしれない。

疲れて私は口数が減った。接待諸氏たちに「やればできます」、「細菌性の病気に注意」などと励まされながら名古屋日帰りツアーは終わった。派遣は決定した。

手続きを終えて

続いて三月二三日一〇時三〇分、王子キャンパスにてＭＭ国留学生三〇名を待つ。三〇名と王子キャンパスを見て回る。まるで高級ホテル。ＭＭ産の大理石とシャンデリアのおかげか。伊勢崎本校舎へ向かう。約二時間、レンタカー同乗はメコン大学副学長と通訳。私が宮城県出身と聞くと原発の心配をされた。話は弾み、通訳曰く「カンボジアでは皮膚の色が黒い系統の赤子と白い系統の赤子とが兄弟ばらばらに産まれ出てくる」という。「うちは白白黒、副学長の家は黒白黒」などという表現がとても印象的だった。「ＭＭ国が終わったらカンボジアへ」という社交辞令もいただいた。

途中で昼食、海鮮丼を全学生に強制する。生の魚を食べる習慣がＭＭ国にはないからこその振る舞いだった。

ここで日本語学校所長・校長Kyukyu氏（女性）と初対面、握手。ぎゅっと握ったが握り返されなかった。伊勢崎キャンパスは敷地広大。しかし、やや低地なのでその理由を聞いてみるとかつて大雨で浸水したという。そこは現在駐車場となっている。教育学部棟では山羊などの動物も飼って教育に役立てている。介護実習室は実践の証しか異臭がした。終わり、東京に向かう。すべてをマネージメントしている五九歳のT氏、相当疲労しているようなので無理と思いつつ運転を代わろうかと提案するが、保険の関係でできないと言った。しかし、結局運転は伊勢崎キャンパスの某氏に替わり、某氏が電話で運転者変更をレンタカー会社に通告。この辺からドタバタが始まる。

渋谷の「すきや」にて牛丼を留学生と食す。これも強制。宗教上か体調からか、一人だけ食べない者がいる。しかし、店内には大学関係者は誰もいなくなり、留学生だけになってしまう。やがて一人の職員が現れ収拾。ここで留学生と離れ、雑司ヶ谷に向かう。

雑司ヶ谷に創設者N氏の自宅がある。地階に通される。カラオケ部屋で壁一面大きなスクリーンに歌のタイトルがスクロールしている。もちろんここにも本はない。マネT氏とともに水を飲み続ける。留学生二名とKyukyu氏、マネT氏、N氏、通訳とメコン大副学長。

すべてが終了したのは夜一〇時ころか。副学長・日本語学校所長が泊まるサンシャイン・プリンスホテルの近くのビジネスホテルにマネT氏と宿し、全行程終了。

直前にラーメンと特大餃子をマネT氏と食す。これが睡眠四時間を補うマネT氏の秘訣か。

仙台で教え子に送られる

ありがたくて鼻がツンとしてくる。目からも鼻水が出る。仙台駅には教え子が一〇余名見送りに来て、急しつらえのアルバムを二冊渡された。急遽携帯で作ったらしい。そこには多くのメッセージと写真があった。

神奈川県に移動した後も、二〇年前の教え子が来た。横浜で、私が教師となり初めての卒業生を出した時の二人が、私の中学校の同窓生との再会に乱入した。年齢差は八歳。話は将来のMM国ツアー計画に及ぶ。翌日は横浜の部活動の教え子との別れの宴、成田では大学の後輩と再会し、そこにまた部活の教え子が追いかけてきて文具をくれたりした。教師冥利につきる再会が続く。これらを以って簡単にはMM国で弱音が吐けなくなった。

東京でビザなどの事務を終えて成田に着くと家族がいた。仕事で不在の息子を除く、長女・次女・三女・一人の孫が来る予定だったが、妻が（子供たちには何も言わず来ており、子供たちのいうところの「ツンデレ」というもの）先にサプライズ到着。続いて子供たちが着き、またアルバムをもらう。これは後日、教室で「This is my family」と説明されることになる。こうして航空機に乗り込んでいったのである。

民間出身の前任者と私の使命

MM国に着いた。

名古屋の専門学校で見た三〇人以上の行方不明生徒の掲示は、やはり不法就労の温床ということなのか、MM国の先生の話では二年間の留学ビザに続けて労働ビザ二年、さらに二年は比較的に取りやすいという。では、あの不明者たちは違う理由で脱落したのか。おそらく学校に行かなくなることとアルバイト一日四時間超過は同時に起こっているのではないか。単純に学業を頑張れなくなったのか。勉強のない、働くだけの生活の方が日本の「普通の人」に近いに違いない。学校をやめることはそんなに大それたことではないが、同時に在留資格を失うのは怖いことだろう。

留学生一流のプレッシャーがかかっていると思う。不明者となる前に手立てがあるはずだ。親がはじめから一年分の学費しか出さない例もあるという。日本で何とか自活通学の道を切り開けというわけだ。しかし、それはそう簡単なことではない。

シュエダゴンパゴダ。現地教員と

この学校では半年か一年または一年半で日本の地を踏む。直接、大学ではなく、傘下の専門学校へ行くのだが、もともとこちらの修学年数は５４２制のため日本の留学資格一二年に一年足りない。高校を卒業しても直接、日本の大学・専門学校へは入れない。一年こちらで勉強が必要だ。それもあったか、入国後は傘下の専門学校へ。親たちは大学を卒業してほしいと思っているだろう。しかし、Ｎ２取得者でさえも日本の大学で全講義の単位を取ることは難題だ。したがって総長の言うとおり、多くが専門学校で終わり、大学に行かない。つねに英訳された教科書があれば可能なのか、日本のハードルが高いのではないか。やむを得ない現実ではある。大学進学のその数値を親に知らせれば、たぶんこの事業は成り立たない。奇跡的天才的給費留学生をパンフレットに載せているが、これも宣伝としてやむを得ない。MM国のこの学校では平日コースが留学組。土日コースは授業だけで留学はしない。N5から入り、N4‐N3へと進む。日本ではN3ではほとんど正社員で就職はできない。N2が必要だが、これはなかなかのもので、N2はこの学校の生徒の何人が可能だろうか。しかし、この程度を「BLACK」とは言わないだろう。

この学校はもともと留学斡旋事業だけではなかったかと思う。しかし、そこには必然的に日本語を学ぶ事前指導が入ってくる。残念ながら、今までこの椅子に座っていた前任者はみな教育関係者ではなかった。私がここに来た理由は、「教育機関として整備すべきもの・ことを考えること」だろうと思った。校長の「MM国と日本の架け橋になりたい」という思いは教育と繋がっている。

一．自分の未来を信じ、MM国と日本の架け橋になる留学生であること。

二．MM国または日本の社会に貢献する留学生であること。

三．最低限、不法就労者にならない留学生であること。

こういった言葉を教室に掲げよう。

ところが、後日ここの学校の立ち上げを手伝った日本人のＳ氏という人に会うことがあり、私が今しようとしていることは、一番やらない方がいいことだという厳しい忠告を受けた。どうやっても先がない事業だから理念を掲げることはせず、派遣ビジネスに徹すべき、またはすべてやめることが良識とのこと。驚愕した。でも、どこか引っかかる。あるいは彼の本音とは違うのかもしれない。彼は、ＭＭ国で日本語を個人教授して生計を立てているが、日本を嫌いながら年金は受け取り、優秀な公務員の父親やお世話になった教師を蛇蝎のように嫌う。私が思うに有能な奇人である。理念掲示を断念する。

炭酸同化作用と恐犬症候群

入国直後は教育も国の事情も関係なく、自分の体調維持が大問題だった。

ベトナム航空で機内食二回、ハノイでのトランジットを経て、まずコメは、アルファ米と思えばよい。野菜は堅い。リンゴも堅い。梨は美味。ジャガイモは極塩、その、もはや食不可物となった塩玉の芋を飲み込む。

ＭＭ国着。はじめの二日間は日本でのエネルギー源で体力は保持されていたが、三日目にはそれらは喪失し、全身の倦怠感と苦痛に襲われ悶絶した。ベッドに倒れ込み、脳みそが事態を摑もうとしている。身体は、アセトアミノフェンを三倍飲んだ時のように全身の細胞が微振動を繰り返している。

言われるがまま口に入れたもので、辛くないものはなく、レストランで辛くないことを確認してもそれは嘘、すべて辛い。野菜は同じ形でも中身は強い。「強い」とは、この炎暑と堅い水から生まれる野菜の消化吸収の難しさを言う。野菜の見かけの優しさにだまされる。米も吸収難。肉類という肉類はすべて辛い。全身の細胞の一つひとつが叫び声をあげて、変形グリコーゲンの吸収を拒んでいる。消化吸収の回路チャンネルが違うのだ。このまま命が絶えるのかというと、そうではなかった。五日目「雲古」が臭くなくなった。環境全体が臭いから感じなくなったのか、違う。それはＭＭ国に失礼だ。逆だ。我々日本人が、発酵して微妙に味が、より複雑化した食品を摂取しているのだ。そのほとんどが美味しく肥るものだろう。「雲古」の臭いが一種植物化して悶絶状態を脱した。

香辛料過多も、この滝のように流れ出る汗からミネラル分が喪失するのを防いでいるようにも思われるが、どなたかに熱帯の栄養学を教示願いたい。

上水道には、葉脈のようなものが時々混ざる。地下水をアパートの一室一室で汲み上げタンクに貯めている。この装置の使用に慣れるのも大変だ。もちろんこれは飲まない。停電は昨夜は一回。一昨夜は四回、冷蔵庫の氷が溶ける。ヘッドランプ超便利。

横断歩道はない。信号は少し。慣れないと難しいが、渋滞する車を縫って横断する。クラクションの嵐。

しかし、よく聞くと「どうぞ」も「どうも」も「ピ」、「ちょっと」「おいおい」は「ピピ」、「まだまだ」「こらこら」が「ピピピ」、渋滞最後部は長く鳴らす。とにかく、クラクションだらけの中を走って渡る。それから「海豚」という店があるが、何の店か考えながら歩いた。まさか、イルカは食べないだろう。

路上販売。多くは揚げ物で、横を車がガンガン通っていく。

腰痛再発、環境の激変での発症例はあるのか。三年前、ＳＷ学園初日から数週は、机から離れず、同じ姿勢が続き腰痛を発症した。今もほとんど歩かず、授業か事務の日々である。食欲減退から体力を失い、好奇心も薄れがち、負のスパイラルに陥りそうな日々に耐えている。しかし、今日は朝五時に起床、腰痛をかかえたまま一時間歩く。暗い中、犬が不気味についてくる。朝ウォーキングらしき二人の女性に救われるように歩く。恐犬症候群。

ブラックベジタブル

二回目の日曜日を迎えようとしている。先週はぎっくり腰に寝込み、多くの人の援助と介助に救われた。まだ見知らぬ生徒に両肩支えられてトイレに入るときなど、ふっと泣きそうになったりした。今は小康状態。ただ、食の事情は改善されてきた。昼食時のコメはかなり日本のコメに近く、それを毎日夕食用として一パック余分にもらって帰る。インスタントラーメンか焼きそばを卵とミックスベジタブルで作る。朝はパンを買っておき、紅茶とバナナ一本・グレープフルーツ・蜂蜜など口に入れやすいものが手に入っている。しかし、腰痛がすべての好奇心を奪っていて、ただ少しの寄り道もまれな状態。授業はそれなりに「聴解」「会話」を要求水準に従って淡々とこなしているが、広田イズムにほど遠い。生徒諸君よ、もうちょっと待ってくれ、と願う。そういえば、日本であり得ないことがひとつ。冷凍のミックスベジタブルが一個丸ごと真っ黒に腐って、しかもひとかたまりになって出てきた。停電と関係があるのか、ないのか。あれからもう買えなくなったミックスベジタブル。一度解凍して、その後腐敗し、再度凍結したあのミックスベジタブル。食べられる野菜がなくなった。ところで私は言葉は「ミンガラバー」「チェーズティンバーデー」「カナカインターバ」しか覚えていない。さて、先日ようやくSkypeが開通。やっぱり家族の声が一番だね。妻もようやく正面に映ってくれました。子供曰く「ツンデレ」というものらしい。

三回目の日曜日、四〇分歩いて「観音寺ガーデン」まで。噴水のある公園。竜頭鷁首の大船は鉄筋コンクリート製で大阪城と同じ。実働しない。船内には入れなかった。湖畔、ポンプで大量の引き水をしている。

その先の「White Rice」は日本食レストランか？「Dolphin」は中華料理店らしいが「海豚」って書かれると入る気がしなくなるのはなぜ？ いずれも高級料理店の雰囲気。一周したら疲労した。太陽が直上から差して南北が分からない。道の遠近を失う。何度か車で通過した記憶のあるロータリー式交差点の先に、住所の「Upper Pansodan」の標識を見つけ安らぐ。水を400ksで買う。冷たい。

心の闇1

日常がすべて変わって孤独と日本語喪失意識から悪夢にうなされる日々となる。

七月一二日午前二時半。心の一番奥底にある真っ暗闇に先ほど遭遇した。それは強い恐怖の源泉感覚で、深い井戸を思わずのぞき込んでしまったような一瞬の時間で、心に、今現在それはなく、記憶なので記述することができるが、その凍りつく一瞬は何ものにもすがることのできない瞬間であった。これは獅子吼する父性とか母親の清い聖母性などの幼い神性以外に救えない世界であった。今すぐMM国を去って日本に戻り、もういない父と母のもとに戻り、そんなふうにする以外にどうしようもない感情であったように記憶する。しかし、それはすぐに消え、心は次にその闇の上層の、闇に似たわずかに淡いオレンジ色の焦燥感の層に移っていった。そこもまた長くいられるところではなく、イライラ感が解けない時間・空間であって、表現に違和感があるが、思春期に、自分が気づく前に母に脇毛の発毛を発見され、無言で撫でられたときに感じた強い嫌悪感・焦燥感に通じていた。この感覚は、通常、一瞬イラっとして、すぐ去っていくはずの感触がこの時はそれがベタっと心に貼りついて動かない状態になっていた。羞恥心が関わっている。本当は、この嫌悪感は嫌悪感とは間違っていて、嫌い好きではなく、心がチリチリ・ヒリヒリする感じのことである。ところで、この、時々思い出す、母には何の罪もない、母への嫌悪感が、最近妻の性的冗談にシンクロして起こる。この時、感じる不思議な感情もまだ正体が分からないもののひとつである。どちらにしても聖なる母の座席に妻が座ろうとするのはけしからん。

こんなことを書いていると不安が自然に収まってきた。それにしてもあの真っ暗闇を思い出さないように、あるいは消化不能状態で思い出さないように、きちんと解釈して思い出せるようになりたいものである。再び安眠の世界に戻ろうか。今日は少し歯が痛む。これが悪夢の誘因かもしれない。

心の闇2

中学時代を過ごした昔の木造家屋にいた。家の南西の角の窓下に流れる清流があった。本当の家は少し離れたところにすっかり涸れた川が淀んでいたのだが、今は喩えようのない清いせせらぎだ。その揺らぐ水藻の中に樹木希林が眠っている。これは絵画ミレイの「オフィーリア」の影響だ。屍姦を連想させる。妻とおぼしき人と一緒に眺めていると流れ去って見えなくなる。とっさに手を伸ばして摑むと小さい。妻に目で許可を得て引っ張ると30〜40㎝の痩せて美しい老婆であった。妻はそれを大事に抱えて逃走した。すぐにピストルを持った若い男が、「塑像のような美の老女をよこせ」と家に侵入する。ところがこの男、騒ぐばかりで何の迫力もない。おまけにピストルを取り落とす。ピストルもバネが飛び出した不良品。取り上げるが取り返される。私は腰が抜けて動けない。男も戯れ言ばかり言って凄むこともない。両者うろたえながら幕。それにしても目を合わせた妻の顔の表情をどうしても思い出せないのはなぜだろう。

心の闇3　―聴覚過敏、神経症、不眠―

カッパの皿を叩く音。

当初どの器具から出る音か不明だったが、ブレーカーが落ちる音の変形とでもいう音が電気器具から出る。停電時に「バチン」という乾いた音は起こるが、それとは別に下がった電圧を上げる機械あたりから出る「グチャ」と湿ったスイッチ音がある。これがカッパの皿を叩く音。

次に、汲み上げた地下水に電気で圧力をかけるためのポンプ音「チャンチャンチャンチャン」。上階のクーラーから滴り落ちる水滴の音は、雨の降り始めと区別がつかない。中国製造冷蔵庫のコンプレッサーのうなる低い音と同時にファンの回るシャリシャリ音。夜明けにしか聞こえない遠くの変圧器の音に、モスキート音と似た周波数でずっと悩まされていたが、最近やっと区別がつくようになった。モスキート音はヴォリュームが変わる。加齢との戦いもある。やがて聞こえなくなる音だ。

犬の遠吠えが連鎖していく。鳩の鳴く声は日本と同じ「ポッポ」。鳩は黒っぽくカラスは小さい。そして、一緒にこぼれた米をついばむ。この街の小動物は、都市化でどこまで駆逐されるのだろうか。虫の声が聞こえたことがある。
雨の中に聞こえる「砂山にシャベルを差す音」の正体はまだ不明。
またの日、シャベル音は安価なトタンに落ちる雨音らしいことが分かった。

日常と非日常の狭間

入国当初、どうしても言えなかった。それほど切実だった。「どうしてここに来てしまったのか」という問い。言ったら終わってしまいそうだった。環境の変わり方は今までで最大。一回目、他県の大学に入った時、一八歳。二回目は神奈川県から石巻に転勤し、発熱し両耳中耳炎になった時、三六歳。どちらも横なぐりの嵐のようだったが、今回はケタが違った。

予想にたがわず、まず下痢の洗礼。ずっと続く腹痛。加えてフライパンを持ってくしゃみと同時にギックリ腰に、痛み止め坐薬挿入の達人になる。加えて消化酵素のミスマッチ。変異種グリコーゲンが全身の細胞のATP回路に発火、空焚きの身体。吸収するがエネルギーは汗にしかならず、でも生きている。やがて、一晩に六回の排便痛を伴う軟便を経て、奇跡の糞便四次大噴出。1．朝まず、宿舎で30㎝超のキュウリ大。2．すぐにキュウリ三本コの字形、3．学校に来て30㎝四つ折り、4．続いて最後はさすがに20数㎝合計120㎝になんなんとする糞便噴出事件。上行結腸・横行結腸・下行結腸足して何㎝か。これだけ体内に保存し、出て行くものか。事件だった。その後、下痢は小康状態になっていった。

さて、台所の窓を開けると隣りビルの一室の台所が1m高い位置にあることに気づく。そこには親友の山中君と、同じく親友の川口君と似た顔でメガネをかけた彼のお姉さんとがなぜか夫婦で住んでいた。いつも調理をしているのは赤メガネをかけた川口君のお姉さん。時々お祖母さんと思われる老婦人も見える。もう一人インド系の少女が顔を見せて調理を手伝っている。四人家族。川口君のお姉さんとは三度、目が合ったが、一回目の会釈では表情は変わらず、その後の数回の会釈にも無表情。時々私が全裸で便所兼バスルームを出ていたところを見られていたせいかもしれない。全裸じゃない格好で風呂場からは出られない。インド系少女はその後、目が合って微笑んだ。その後数回目が合って微笑んだ。彼女は一〇代後半くらい。彼女以外はみんな大人だ。実を言うと、川口君のお姉さんは赤メガネ以外どこも本人には似ていない。山中君も浅黒い皮膚以外どこも本人に似ていない。

「性」について記述する。健康が危機状態だった頃の一回目の「噴水」は何の欲求も硬化もない不思議な状態で発生。かつて長期の未噴出状態の後、妻と接し、終了と同時に激しい精輸管の剥離痛に襲われた経験があったが、それもなく、噴出の前と後で何にも変わらない。「ただ生物としての存在・生きているだけの自分」その中のひとつの現象だった。ところが健康危機脱出後の最近見た夢は、淫蕩な気分に溢れていた。Under wear の上から愛撫を加える Situation で、私の触覚も硬化していた。顔が見えないことを除けば、それはごくありふれた「性」のありようだった。

　では、あの腹痛腰痛悶絶中のつかの間の無風状態における「噴水」は何か。たしかに、俗っぽくはなかった。しかし、あれが「聖」なる「性」＝「生」だったのだろうか。ただ

電飾と女性的な仏像。日本の仏教をすべて禅宗的に思わせるくらい、こちらの仏像は扇情的（色っぽく一見不道徳）で現世利益ムンムンだが、日本人より信仰心は特段に篤い。日本の宗教が無機質で理屈っぽいのか。

の生き物が「聖」なのだろうか。それとも「聖」に届かないが「俗」でもないもの、つまり「禿」、親鸞であったのか。でも、あの時の私はもういない。すでに私は「禿」にもなれてはいない、卑俗な日本人だ。この今ある「性」のありようは日常だ。そして、我々の「性」と呼ぶものは自然を離れ、すでに知性によって美しく（あるいは醜く）装飾されているようにも思われた。

しかし、昼の生活は夜見る夢のように自由ではなかった。まるで牢獄のようだと思ったのは、交通機関に乗れない、車も自転車もない、つまり生活空間が拡大できなかったからだろう。いつまでたっても日常化しない自分の環境順応能力のなさにも腹を立てていた。立った腹の行き場所もない。

ところがある朝、いつものように六時に散歩に出た時、なにか超「爽快感」があった。それは単に、身体的苦痛のかけらが全身のどこにもなかっただけかもしれない。

「悟った……」ような気がしたが、すぐ下水のかぐわしい香りにかき消されてその感覚は消えていった。

停電・シャリパン

来緬三か月、非日常が普通の相貌を見せ始める。停電は相変わらず毎日起こる。すぐにパソコンの電源端子を抜く。自家発電の電圧変化と、復旧時の過電圧でフリーズしてパソコンは動かなくなる。非常灯の場所はいつも定位置に。教室では、ビルの中なので、窓明かりのみとなる。聴解ＣＤはストップ、字も書けない。みんな黙って待っている。時間が止まったみたいだ。携帯の明かりがいくつか見える。家では冷蔵庫の生ものが静かに腐敗し始める、そんな想像を浮かべながら待つ。エアコンも扇風機も電気蚊取り線香もすべてダウン。この後、雨が降ることも多い。電源・変電所が西の方にあるのだろう。滝ざまの雨が縞模様になって横に流れていく。

停電してすぐに家を出るときに注意することは消灯。ひとつくらいはつけっ放しになるが、それが地下水汲み上げポンプだと大変だ。貯水槽が洪水状態のまま溢れ続ける。

学校では停電時すぐに自家発電に切り替えられるが、自家発電から復旧して通電した瞬間が待ったなし。ただちにブレーカーを落として一旦断線させ、切り替えるのだ。二重負荷で電化製品は破壊される。このひと騒動もいまや日常。

日本製品がない。これも日常。ポップにJapanと書いてある下着を売っていた。上下二枚ずつ購入。一枚1500ks、安い。化繊100%のシャリシャリパンツだった。高温多湿に合っているかも。縫製が悪く、糸がほつれて無限に出てくる。「Japan風」という意味だった。この経験も、もはや過去。懐かしい。

一九四七年の今日より少し前の日、アウンサン将軍が暗殺された。今朝、八時三八分にクラクションが一分間くらい鳴っていたが、あれは黙祷か、ただの渋滞か。祭日の朝である。

初めての平日休みにどこへも行かず、朝の散歩と買い物以外出かけなかった。日常の恐怖はなくなった。無理やり外に出る感覚もなくなった。楽しいことを探そうとしている。夜半の怪音はごく普通の音になり、異界からの阿鼻叫喚はどこかへ行ってしまった。しかしいまだに街の会話は何ひとつ理解できない。会話のごく一部が日本語に聞こえることがある。「×+%$ヨッチャヤッテル※#&×+%$」というふうだ。なんとかしないと。

「どうしてここに来てしまったのか」は変わらないが、「日本とMM国の架け橋になる」というような甘ったるいことではなしに、まじめに自分の立っている位置を確認しようとし始めている。

中国粗悪品思想

いくぶんかは周囲が見えるようになり、自分のこと以外に考えが及び始めた頃の文章である。

MM国は中国製粗悪品のオンパレードといってよい。学校の斡旋で、組み立て式衣装ケースが来た。体調不良の時で、組み立ては学校出入りの、なぜか電気屋と学生の二人だ。外側を覆う不織布はある程度の強度があったが、中の棚を仕切る不織布はまるでティッシュのようにシュワシュワ裂けた。後々数時間の手間仕事となったのは、ポリエチレンテープをひたすら巻いて棚を作り、物を置けるようにしたことだ。ポリエチレンテープも紐状ではなく薄い皮膜で、水に浸かったロールペーパーのように皺が入っていて裂けやす

国営テレビが取材に来た。質問「MM国人は日本人とどう似ていますか？」

い。加えてパイプ接続部品は割れて、衣装ケース左右の高さが違ってしまった。一度も組み立てテストをせずに工場から出荷していると思われる。

ペンチの握りは樹脂部分がそのままスッポリ抜けて戻りにくい。コードの被覆を剥離する歯の部分は紙の紐さえ切れない。プラスチック製の机・椅子が氾濫して破損も激しい。水道のパイプはすべてポリ塩ビ。片手鍋はアルミで軽いが取っ手が重く、空の状態では自立しない。ガス台に乗せても取っ手側に倒れていて片手でミルクが注げない。スプーンはステンレスの表示はなく、コーヒー、紅茶に砂糖を入れるぐらいの使用状況でかすかに虹色になってきた。科学の実験で、金属をガスバーナーに当てたとき一部が虹色になったことを覚えているが、あの色に変化しつつある。我が家のエアコンは新品のせいもあり今のところ支障はないが、これは韓国製か。たしかに韓国資本は入ってている。いたるところ「Samsung」の看板。時にスリーダイヤマークの空調外機をすべての

自分のポスター。日本人の教師がまだ珍しかった。

部屋に設置しているホテルはあるものの、引っ越しただけかもしれないが、古そうな「Panasonic」の看板を取り除いて他国企業に衣替えしている工事現場も見た。しかし、いつかやがて必ず、日本製品の品質ニーズがやってくる。中国人の日本での爆買いや日本製ベビー用品へのアジア諸国の信頼が証明するところである。MM国も、できるならば自国製品で、この不良品使い捨て社会から脱しなければならない。中国よ、中国式「売れれば何でも」という粗製濫造思想を持ち込むな。タイ製品は優良で高価だが、MM国はタイの品質を目指すべきだ。

また一方、建築ラッシュである。そこいら中、鉄筋と煉瓦。鉄筋は斜めに曲がったままコンクリートの柱が立ち上がる。七階、八階は当たり前、足場は竹でつないでいく。すべて人力で積まれていく。聞けば地震のない国ではない。誰か安全について、建築強度・耐用期間について調べてこの国に教えてやってくれ。

一見すると埃まみれの町だが、実は自分の家の前の道は毎日清掃が行われている。その掃き集めたゴミを集める仕事もきちんとある。汚れているのは近代が生み出したビニールの類い。駅や陸橋の横のデッドスペースはポリゴミ集積場の様相を呈している。昔日本も川が塩ビのゴミを集めていた。

粗悪品だったポリとビニールの山は、リサイクル概念が今まではこの国にはなかったことを物語る。そこにペットボトルはない。1個10ksで取引されているからだ。これはたぶん再利用されているが、不衛生な再充填の可能性が高い。

噛みたばこ、これも道路を真っ赤に汚す。いつかこれも駆逐されるだろうけれど。それから、犬と犬の糞はどうなっていくのだろう。一つの街区に一〇匹はいる。あと、少し表通りを外れると、平屋のトタンの下で床板もなく黒っぽい泥土の上を裸足で這い回る乳児ら、雨水も汚水もそこにある生活をしている人々、清潔とはほど遠い。駅構内の地べたにビニールシートを敷き、授乳させたまま眠りこける母親と、日中なのにそばで眠る老女。何日か前にも見た路上生活者の母親と三人の男の子。貧困を置き去りに発展していくMM国。中国製粗悪品思想から公衆衛生放置の実情へと繋がっているこの国。

地下水汲み上げの上水の問題はさておき、下水はどこへ、あのクローム色の川にすべて流れているのか、その先の茶色の大河にも。ネズミの死骸を路上で何回も見た。すべて内臓はカラスの餌になっていた。死骸はやがてペチャンコになって白く皮が残り、そのうち土と変わらなくなる。ネズミはどぶ板のそこかしこに姿を見せる。二階まで登ってくるのか、我が家は二階にある。

ばあちゃんの入院と日常性の回復

今、日曜日の朝四時。すでに外は人の声。

昨夜、岩手県のばあちゃんが入院した。脳梗塞である。至急帰る方法を調べると、先日S氏に教わったとおり、MM国市街地では使用不能の外資系クレジットカードで成田直行便がネット購入できることが分かった。いま手持ちの金はほぼ0円。しかし成田までは帰ることができる。いざというときは成田まで車で迎えに来てもらい、そのまま岩手県に向かえばいい。直行便の昨夜の空席はありそうだった。今日は一席残。しばらくして、脳梗塞は軽症とのこと、帰国はなしになりそうかな。

そんな中、不謹慎にも昨夜YouTubeで「Under wear」と入力すると、窃視欲求を満たす、さまざまな画像が飛び込んできた。淫蕩な時間にどっぷりと漬かっていると、まるでここは日本の宮城県の自宅のようだった。やはり「性」の自分の中でのありようが一番の日常性回復のバロメーターと言えるようで興味深かった。三か月経って、MM国はもう非日常ではなくなっていた。

親鸞、天皇制、御柱、縄文人

そういえば、日本出国の少し前に父娘相姦をモチーフにした映画「私の男」を観た。原作者桜庭一樹。この近親姦というテーマは刺激汎化の最後に行き着く場所でもある。そこは行き止まりで戻れない。相姦に対し、私は現実的には嫌悪感が先立つ。しかし、歴史上は天皇家を始め多くの例が見られる。ほとんどが多く世間から離脱・隔離させられる。その映画は原作より常識に寄り添って創られていたが、女優の魅力と相俟って興行を伸ばしたと思う。ロケは北海道のK市。しかしテーマがテーマだけに即観光資源にはなりにくい。映画では女子高生が大人を無邪気に決定的に傷つけるシーンや地団駄踏みながら「あれは私のすべてだ」と叫ぶところが印象に残った。美しいと思った。落涙した。

新聞によると「相姦」の原理は血統を守ろうとする本能と子孫の奇形化を防ぐDNA機能とが相剋している場所にある。私はまだDNA側にいるが、血統側に行ったと大江健三郎が言った伊丹十三氏の映画「お葬式」にも印象的シーンがあった。愛人と交合している間、妻は別の場所で何も知らずブランコにただ乗っているという場面である。もし愛人が大江氏の言うように近親者イメージだとしたら、愛人は一気に「マグダラのマリア」へと昇華する。マドンナ↓マリア↓聖母↓黒衣↓マグダラ。タブーと神の領域の交点。

さて、ところで親鸞はにょしょうと交わることを観音からの抱擁で許されたが、近親愛や娼婦についてはどう感じていたのだろうかと考えた。分からない。

それから、先日諏訪大社の「御柱祭」のテレビ特集で、弥生文化の日本列島への浸潤は、決して不足物を渇望するように西から東へ起こったのではなく、あえて田を作らず、森に依存する道を選んだ関東甲信の縄文人集団が存在することを伝えていたが、そのことと、歴史家の網野善彦氏の言う「甲信は相姦への抵抗感が関西より低い」それが関東以北の「天皇制観」の無意識域の支えの一つになっている。つまり、「血統を守ること」と「万世一系」は思想上は相似形であるということ。(「日本の歴史をよみなおす」筑摩書房、一七〇頁)

また、一方関西では「穢多・非人」化してしまった天皇の親衛隊だった者の無意識域に天皇を神聖化するものがある。それは「母性の神聖視、母系家系図」と「天皇の神格化」

が同一意識上で起こった出来事だった。(「東と西の語る日本の歴史」講談社学術文庫、一八七頁)

この二つによる「関東・関西分離論」の思想、これが網野氏の言うところだが、それと、先の「諏訪の縄文狩猟社会の選択」が日本人の意識の底で積層していることが分かった。縄文文化は父母性=両親性を包容し「血統主義」(男系)と「母系社会」(女系)を含み持っていた。片や相姦を包含し、片や母性聖視から、遠い将来の「天皇制」を形而上無意識下で支えた。やがて弥生時代の到来とともに有史上の天皇制へと変貌をとげる。関東と関西は一種異なる国のように生成されてきたということだ。

コメは関東甲信より先に東北秋田で栽培されていく。天皇制より縄文人の方が古いに決まっている。縄文人の存在意義を究明していくとアンチ「有史以後の純血天皇制」を指向させることになる。融合型の縄文文化から分裂を経て弥生文化が成立したからだろうか。いずれにしろ、天皇制は関西と関東では別々の御輿に乗っていたのだ。

出雲神話を溶解させて取り込み奈良朝を建てたのは天孫族である。その結果、排斥された出「出雲」（しゅついずも）の出雲族は諏訪に向かった。その諏訪では、出雲族の支配に屈せず融和をさせている。その原諏訪文化は偉大で縄文的である。出て行って飲み込んで征服してしまうのではなく、融合した出雲神も偉大で縄文的である。やがては、気候変動もあり、稲作の生産性を受け入れていくが、その両者とも互いに、もとは縄文人であった。融合に向かう縄文人的な心は日本の「雑種文化」（「加藤周一著作集7」「日本文化の雑種性（平凡社）より」）と通底する。

バングラデシュでつい先日テロが発生し、日本人が巻き込まれ七人が亡くなった。バングラデシュは、MM国に派遣が決まった後日、誘われた国である。報酬は三倍であったが、妻が「もうMM国でいいんじゃない」と言ったので踏ん切りがついて、ここにいる。まだ私は生きている。世界は融合しそうもない。

中途半端

MM国の言葉をまったく知らずにMM国に来たことはいかにも中途半端だ。準備がなっていない。辞書は一冊買ってきた。まったく未使用。文字が不明だから引けない。現地に入れば何とかなる。いつものハッタリである。これでこの世を渡ってきた。今回も四か月が経ち会話すらままならない自分に忸怩たる思いはある。しかし焦りはない。昔、ALT（外国語指導助手）に対して、日本に来るなら日本語の少しくらい覚えて来日するのが礼儀だろうと思っていた時もあったが、自分ではできない。その昔、日本語を少しでも話す西洋人に親しみを感じた。そこにはやはり努力の跡を感じたからだ。このあいだMM人の会話に「ミンガラワー」、「チェーズテンバレー」が連続して発音されたとき、これは自分のことを言われていると直感した。会話の真っただ中で「こんにちは」、「ありがとう」というストーリーの通常会話が考えられないからだ。これしか分からない、と言われたと思った。別に悪口じゃないだろう。これはちょっと頑張ろうと思うきっかけになった。教える時間の一〇分の一の学ぶ時間を何とかしないと。ここにいる価値の一番は母語話者のMM語だから。

もう一つの中途半端は「家」、とりわけ妻との関係性だろう。子どもたちは私の決心と行動に一定の理解と不満を示していて悪い状態ではない。しかし、配偶者はどうもそうではないようだ。相変わらず世界最小球技に通っているらしい。深夜まで帰ってこない配偶者を待つあの気分は最悪と言ってよい。こちらMM国での孤独のほうが快適かもしれない。半年後、P依存症は解消に至ることになるが、玄関も施錠せず防犯上も問題で、でも寝てしまうが、寝付きも悪い。また、最近妻はナンプレにもはまっていて、それに没頭して会話ができないこともしばしばあった。「何でも相談できるような普通のお母さんがよかった」という次女の言葉が痛い。一方、私に向かっては「ひとりの女性も満足させられなくてどうして生徒の面倒を」などという雲の上からの母のような声が聞こえなくもない。「看護師でありながら四人の子供を育てただけで充分」との意見もある。パラドクサルな人生である。愛するものを死ぬまで理解できない状態は、一種私の「理想」ではあったが、現実は苦痛であり、傷ついた脳漿は哲学的な猿となる以外に道を見いだせず、猿は結論を出せないまま、厳しくも収穫の多い毎日の仕事に向かっていった。離婚経験者S氏曰く「どうして家庭や婚姻を守ろうと考えるのか」離婚氏は私の答えに失笑したが、その答えは、「サディストだから」というものだった。

ＭＭ国の小さな詐欺師

あれは詐欺だったのだろうか、今日はひたすら南へ歩く。途中親切な日本人夫婦に会う。日本食の店やマッサージ店やフリーコピーの地図など教わる。本当に困ったら日本大使館です、とも。

やがて道は大河に当たる、人々がごったがえしている。露天商の群れ。岸際で小綺麗な少女に声をかけられる。ちょうど今教えている生徒の年齢である。かなり強い訛りがあるが英語である。「Foreigners Only」の看板の前で「Foreigner ?」と言う。ついて行くと「このフェリーはJICAの協力でできた」とか「この向こう岸には津波で被害のあった地域があり日本人はよく行く」「日本人は無料」などと言う。ボランティアかと思いつつ、大きい川だとか海のようだとか津波の被害のあった日本から来た、だとかついしゃべっていた。やがて二〇分もしただろうか、人通りもやや少なくなったあたりで、もういいよと、帰そうとしたところで二人の明らかに大人の男女に行く手をふさがれる。人相がよろしくない。動揺した。しまったと思った。相手は顔を近づけて「Ten Thousand Ten Thousand」と二本指を立てながら小さいが胴間声で言った。まったく無警戒であった。腹を決めて考える余裕すらなかった。言葉が出ない。言葉を知らない。苦し紛れに1000ks出すが返され、また「Ten Thousand Ten Thousand」今度は自分の取り分と女の取り分に、ジェスチャーで分けている。今考えると、一歩退けば冷静になっただろう。しかし、冷静になったところでしつこくつきまとわれた気がする。財布の5000ks札の入っている側から四枚抜き出して与えた。財布には35000ks残っている。このあとはあまりの不愉快さにしばらく呆然としていた。少女の姿はどこにもない。二人は雲霞のようにいなくなった。損害は日本円にすると1800円。一人600円の詐欺。しかし犯罪。あれは詐欺あるいは恐喝だったのだろうか。帰路は忸怩たる思いに屈した。翌日、学校で話すと20000ksはガイド料としては高いとのこと。一時は警察に被害届をという話にもなったが、やがて多忙に紛れ、忘れられた。雇い主である校長は「もっと怖い、薬物で人を誘導する犯罪もあるから気をつけろ」と言った。

しばらくたったある日、いつもの帰り道で、いつもそこで商売をしている噛みたばこ屋に尼僧が近づいていく、しばらくの沈黙、露天商の主は厭々何ksかを渡していた。彼は寄付がしたかったのだろうか。

遺書を書く

二〇一六年七月五日午前四時半に書いている。バングラデシュで七人の日本人がテロで亡くなった。甚弔。隣国でよかった、とはじめは思ったが、遺書を書く。

1. 遺体は腐敗する前に日本に持ち帰り焼いてほしい。
2. 墓は毎年始めに鐘を撞きに行く寺にお願いしてみてほしい。
3. 脳死の場合は延命措置をしないでほしい。高額費医療は受けない。
4. 母のように脳の半分を損傷した場合も延命措置はしないでほしい。
5. 生命保険など。

ア　生命保険A　終身死亡（支払い済）　生命保険B　終身治療（支払い済）
イ　生命保険C　オーストラリア$立養老
ウ　投資信託→更新2016DEC
エ　不動産投資　月額五万円（管理費一万円）
オ　財形貯蓄

6. 土地と家は妻に全部相続する。相続税が0円。

7. 預金・有価証券は凍結されてしばらく動かせない。これも妻に一旦移すのが節税対策になる。これらの最終処理は二人がお陀仏になってからするのがよい。しかし、最後の治療にお金がかかり、すべて墓に持って行ってしまう人もいる。

8. 大量の本については古本屋などに出張査定してもらう。が、切手の収集ファイルは一冊で一〇万円以上になる。(脇山君も集めていたので脇山君にあげてもよい。存命中なら)

9. 生徒の写真や手紙は何となく学校ごとになっているが、葬儀や墓に来た希望者などに好きに持って行ってもらってもよい。成績記録などは焼却廃棄。

10. すべては残った者が決めるが、喧嘩をしてはならない。

遙か遠い国MM国

読まない方がよい文章を書く。「貧富の差がある」と言う雇い主・校長。まさに貧困と不平等が地球上すべての国々の問題の根っこに横たわっている。これをうまく乗り越える国家は繁栄する。大都会ヤンゴンには貧困がうごめいている。旧首都駅前の噴水の出ない

授業風景。プラスチック製椅子が授業には適さない。

公園に眠る少年たち、朝の六時にここで寝るのは屋根の下がないからだろう。店舗前の軒下の母子連れ四人もそうだろう。五～六歳の男の子が起き上がり走り寄ってきて指を口元で動かす。食料を乞う身振りであろう。私はすぐ手を横に振る。財布を持って朝の散歩はしないから。この物乞いがいやである。そのためにもロンジーを履く。今日はたまたまズボンにポロシャツ、日本人丸出し。中国人、インド人には寄っていかない。ぴちぴちのランパンと高価そうなランニングシューズの中国人には近づかず、優しそうな日本人に近づく。泣けてくる。憐れみは毒だ。片足のない物乞いや乳飲み子を抱えた老婆もよく見る。

そして、ダブルスタンダードプライス。価格の二重構造。タウンジーまでの航空運賃＄１８０と＄９０。簡易宿泊施設２６００ksと１５００ksなど、これらははじめから外国人とMM国人という枠で決まっている。アパート賃料月額１５００００円と２７００００円。

こちらは日本人不動産屋が私のところに持ってきた最低価格と私が今住んでいるアパートの値段である。日本人不動産屋はすでに地元ブローカーの食い物にされていると雇い主・校長は語る。そういえば、昔日本にも観光地価格というものがあった。似ている。今でも日本のホテル内の飲料は高め。さて、町の両替屋では＄１紙幣の手数料は50％である。半分になる。＄５～＄20札は10％。＄50札では５％。ドルしか受け取らないホテルも多いが、￥→＄はこのおよそ二倍の手数料となる。￥→ks→＄だから。為替も想像をはるかに超える。￥→ks為替変動指数が昨年一年間で１０４～１１０。今年はすでに１１４～１２４、日本の一〇年分の変動幅が一年でやってくる。これはどうしてそうなるのか分からない。

タイでも１５００ＴＨＢバーツと14ＴＨＢバーツの観光船・一般乗合船（同航路）があっ

日本車の塗装はそのままにした方が、売るときに無事故の証明となって、値が高くなるらしい。新居浜社協の表記のまま走っている。

たし、４００ＴＨＢバーツのトゥクトゥクと75ＴＨＢバーツのタクシーという往復もあった。どこにでもあると言えばどこにでもあるが、不合理の象徴で貧困と同根の思考だろう。観光客が減る。寺院で外国人からのみ拝観料を取る。これは仕方がないが、最大の寺院シュエダゴンパゴダの外国人料金が五年前は６００ks、今は８０００ksという上がり方は異常ではないか。旅行業者の申し入れで１００００ksにはならないで済んだという。

表通りの店舗前は毎日清掃がなされ、犬の糞も取り除かれているが、一歩入り、スラム化した地域やアパートの裏庭状の空き地は、吐き気がするゴミの山である。多くはプラ・塩ビ・ポリと腐敗物との混合。人の多くは路上にゴミを捨てる。林檎をかじる娘、食べ終えて芯をポイ。階上の住人、鼻をかんだティッシュ・菓子の袋、ポイ。我が僑居の窓際・ベランダ付近に落ちないで引っ掛かっている。ゴミ回収車は大型化して合理的だが、回収箱付近はＤＤＴ類を常に散布し、強臭を放つ。

以上、「昭和三〇年代だと思えばいいよ」とか、そんな覚悟など微塵に粉砕される。打ち砕かれる。救いがない。失敗すればイラク・シリアと同じ、「公務員の規範意識の喪失と汚職の蔓延がインフラを欠陥だらけにし、イスラミックステートの跋扈を招いた」こちらに落ちていく可能性がある。ＭＭ国人よ、しっかり目覚めよ。

目を転じよう。ある日のこと、歩道をちょうど塞ぐように大きめの犬が寝ていた。この昼寝する犬たちの姿はよく見かける。三～四匹がきれいに並んでいる時もある。この時は繁華街の歩道で、見ていた時間は二～三分、通過した誰一人犬を踏む人はなく、犬の鼻面10㎝しかない歩道箇所を上手に行き交っていた。犬の眠りを妨げない群衆、一見の価値があった。犬は死んでいたのかと思うくらいだった。

もうひとつ。かまびすしいクラクション、これをドライバーのマナー心のなさと批判した現地日系発行誌があったが、私の知る心優しいドライバーの助手席に座って分かったことがある。歩行者に対するクラクションは「そこをどけ」ではなく「止められない」という悲鳴である。そんな可能性があるということ。車側から見ると、横断歩道がないMM国では、歩行者はまるでぶつかってくるかのように横断してくる。歩行者は、一番安全なのは今通過する車の直後のバンパー

ガンドージ湖の中の島にちょっとおもしろい群像たちがいる。これはまるで中国風の子供像。

ぎりぎりのところに走り込めれば、次に来る車に最も遠いところとなるので、車の速度に合わせてその直後に飛び込むように走り寄って来る。これを車側から見ていると、もう止められない距離なのである。したがって、「ピッ」と鳴らす。いつもお世話になる雇い主専属のドライバー氏はまったく気の荒いところがない心優しい人物である。この人間が歩行者を追い立てるようなことをするはずがないので、ちょっと考えて立ち至った結論である。MM国にぜひ行ってみてほしい。

長髪の婦人像。この人はたぶん、なにか奇跡を起こして有名になった人と思われる。

中国に渡ることが決まった友人K氏へのメール

前略、「日本語教師」かなにかのチャット（?）をネット上に探っていくと、いろいろな経験談が出てきます。私の大学もいろいろと問題はありますが、MM国に来てから分かったことの方が多いです。この仕事はほんとうにいろいろなパターンがあって、一回で自分に合ったところに行ける人は少ないのかもしれません。中国では「渡航費学校負担」が飛行場までの交通費だった、という笑えない話もありました。中国語の契約書の問題点を見つけるのは素人には無理でしょう。先日もNHK WORLDで中国の技能実習生に関わる日本語学校のニュースをやっていましたが、あれはたしかJICAだと思います。JICAでも問題は起こるようです。なるべく多くの情報を得て行ってみるしかないのではないでしょうか。緻密なKさんですから失敗はないと思いますが、なにせ相手は外国なので、身体だけはくれぐれも気をつけて下さい。私は渡航後このGmail環境まで到達するのに説明しがたい苦労をしました。もうちょっと言葉を勉強しておけばよかったかな。ではまた、連絡します。

草々

校長の涙

ある時のMM国日本語学校校長との会話である。

大学総長の不作法については校長と意見は一致している。敬虔なところがないという一点である。校長は大学総長の妻とも娘・息子とも話をしたことがあるという。三人とも強権的な総長から離れて暮らしている。また、校長が「日本のお父さん・お母さん」と呼ぶ、かつてのホームステイ先の人と、総長の家族とが会ったことがあるという話題から話は進み、父を早くに失って母一人が兄弟三人を育てた校長の御母堂の苦労話や、自分を挟んでの祖父母と母の葛藤など、話が校長自身の成長の核心に触れたとき、彼女の瞳から涙があふれた。危うくもらい泣きするところであったが、とどまった。校長はお嬢さんだが、苦労はしている。彼女は、はじめシンガポールに留学したとのこと。ところがシンガポールでは学生はアルバイトができない。そして、日本に行った友人から、日本では勉強とアルバイトの両方が可能だという情報で日本へ渡った。その時に、彼女の行く先を巡って祖父母と母は争ったという。また、日本のホームステイ先の親代わりのような方はTKR酒造のオーナーでもあった。現在も交流があり、当時「じじキラー」と、日本のお父さんとその友人から呼ばれていた校長自身のモノクロ写真を見せてもらったが、それは目を剝く代物だった。世辞抜きで五〇年前の吉永小百合と正田美智子を足して二で割ったような掛値なしの清楚で知的な少女がそこには写っていた。あの写真はどうしてももう一度見たい。

また、数日後の話の続きで、話題は早世した父親のことに及び、その写真もモノクロだったが、上原謙ばりの三〇余歳の好青年が佇立していた。そこで私の涙腺もついに崩壊の惨事に見舞われた。結婚して三児をもうけ、0歳児を含むその子らを残して病死した「人生これからという息子」を持った、Kyukyu校長の父親の両親の嘆きに、思いが及んだからである。彼女は続ける。「どんなにお金があっても、どんなに豊かに暮らしていても得られないものがある」これが彼女の欠乏感の源泉であり、彼女の中に一生残る父性への超理想化と父性原理への渇望。しかし、それが彼女の愛らしさの原点でもあり、強さの根っこでもあろう。人はみな普通には生きていない。

照れからか、彼女は留学時の失敗談の多くを最後に付け足した。隣人から「私のキモチです」と土産に身装品（ネックレス）をもらったが、何日経っても彼女は身につけない。

ファッションショー。高額所得者が集う。ここで大学のパンフレットを配る。

ついに隣人は「色は気に入った？」などと言ったらしい。実はそれは大切に冷蔵庫に保管されていた。なぜなら、それは「キムチ」に聞こえたから、とか「お世辞ありがとうございます」と言って大笑いを受けたことなど。みな、たわいのない話だった。

水1

日本の水、名水を思う。MM国の水は二種類、飲料水と地下生活水。飲料水は20ℓのポリタンクで厳封してある。タンクの色は白・透明・青などあり、業者が違う。先々週、無許可違法営業の業者の製品から細菌と金属の含有が発見されて六社が営業停止になった。我が家のタンクは二個常備されていて、一個空になると空を学校に持ってくる。すると校長の専属運転手が私の台所まで持って来てくれる。一個600ksとのこと。今のところ請求されない。後で支払うこととなる。リヤカーで路上販売しているのを見たことはあるが、呼び止め方や、二階でも三階でも同じ値段なのか、どこのものでも同じなのか安全度に差があるのか、不明なので買ったことがない。このポリタン飲料水で調理もする。この水とペットボトルの水以外口に入れない。最後の一滴まで無駄にしない。残量がある場合、鍋やペットボトルに移し完全に空にしてわたすことを言葉なしで教えられた。

　地下水は二つの水槽に貯める。上の水槽から水を落として下の水槽に貯めたものをポンプで汲み上げて、シャワーと水洗トイレと台所に分けている。シャワーは冷水で少量しか出ないので使わず、その下の蛇口に直接頭部などを持って行き、シャンプーなどする。シャワーを高い位置で使ったこともあるが、ドアの内側に水が掛かり外の床が水浸しになる。それでなくても、バスルームの外の床からは自然湧出がじわじわ起こり、根本解決策がない。毎日拭くが毎日少し黄色っぽい水がタイル目地から湧く。室内のカビと多湿の原因のひとつ。シャワー下の蛇口もそのまま放水すると床の水跳ねが激しく外の床に水が溜まるので布を蛇口に巻いたが解決半分。洗濯時は洗いかけのパンツを蛇口に引っかける。すると水流はまっすぐ下に

宿舎の水槽。生活用水、口には入れない。底に沈む微量の泥を除くことができない。沈澱池として使用する。しだいに泥は蓄積するが、いかんともしがたい。撮影時のこの量では生活に支障をきたす。揚水には時間が問題だ。水は微量だが壁に浸潤もする。

柔らかく落ちる。停電すると水圧がなくなり、すべての蛇口はタラタラ状態になる。

台所のシンクはステンレス製であるが、シンクのへりの標高よりも外側のエプロンの端の標高の方が微妙に低いらしく、シンクのへりに落ちた水滴がことごとくエプロン先端に向かって流れる。よって、シャツが濡れる。床が濡れる。

生活用水の上の水槽に水を貯めるポンプのスイッチは、玄関入り口にあり、上の水槽は状態が見えず、確認には椅子が必要。その上と下の水槽に、停電を予想しながら適度に水を満たしておくには熟練を要する。何度も増水して溢れさせた。増水直前には上水槽流入水の音が消えるのだが、気づけない。

上水槽の水を落とすコックが、カパッと取れてしまうことがある。プラスチックのコックは下水槽にゆらゆら底に沈んでゆく。取るためには片肌脱いで二の腕を肩近くまで浸けないと拾えない。発汗時には抵抗がある。

下の貯水槽は底に黒い泥土状のものが溜まる。水槽には貯水と浄化両方の意味がある。一回だけ、すべての水を掻き出して綺麗にしたがすぐ元に戻った。水槽の底にドレンの痕跡を発見したが、なぜか埋め戻されていて、最後のドロと水は少量ずつ手桶で汲んで雑巾で拭き取った。かなりの作業になった。もう一度やろうと思えなかった。

生活用汲み上げ地下水でそうめんを茹でて飲料水で流して洗ったが、下痢は防げなかった。飲料水が貴重、乾麺を茹でることに抵抗を感じる。日本並みに麺を洗い流す水がない。麺類がこちらではすべてベタベタなのはこのためだろう。スパゲティは可能である。ただ茹で時間が一五分ものしかないので、カセットコンロボンベ半分を消費してしまう。好きな麺類から遠ざからざるを得ない事情がここにある。名水はMM国にはないのか、田舎にはありそうだ。先日、懲りず「日本そば」を見つけ購入していた。

水2

新しい試み。もったいないが大きい鍋に飲料水を入れる。日本から持ち込んだ食品添加物の重曹をその鍋に多めに入れ、洗った後の食器を入れてすすぐ。また、その鍋の水に買った野菜を短時間漬け込み調理する。結果はまだ時期尚早。飲料水以外の水はすべて地下水なので、蛇口から出てくる水は、川の水または泥水と心得、洗った手や食器のすべてに残留菌・金属が含まれていると考えることにした。たとえ乾いていても残っているかもしれない。後日、妻が「歯を磨いても水道水で口をすすいだら意味がない」とのたまわったためである。

貯水槽にボウフラを発見。蚊は窓から侵入したもの以外に我が家育ちもいたのだ。その水でシャワーも浴びて野菜も洗っていた。ここにも重曹を投入。ちょうど使い終えたお酢の瓶も貯水槽の中でゆすいで、クエン酸追加作戦も決行した。

引っ越した。地下水の汲み上げ時間が夜一一時半以後に決められている。昨日は眠ってしまい、朝四時半に上げた。これが目下のところ最難の課題である。広さ、明るさ、床の綺麗さ、騒がしさ、すべて前のところより改善された。子供が多く少々喧噪ぎみだが、宗教のスピーカーには比べようもない。

すでにゆうパック大五個、中三個の合計八個も送ってもらっていた。その段ボールの質が良く、雇い主から、いい箱だと言われたが、それを横積みにして簡易組み立てボックスの完成。持ち込んだレトルト日本食を分類収納した。こちらMM国の段ボールは薄く柔弱で再利用は不可能。捨てられ雨に打たれたら土に返るしかない。

そんな土埃の道を毎日学校に通っている。ヤンゴン市内でも道路舗装率は、幹線路を除くと低い。いたるところに土とゴミが散乱している。最近は犬の糞を踏まずに歩けるようになった。今日、犬の下痢便を見た。犬の腸は超人的だと思っていた。「犬が下痢しないのに人間の自分はどうして下痢してしまうのだ」と悩んだが、犬もそう強くはなかった。ネズミの死骸を見た。珍しくない。しかし、今日のはちょっと違っていた。丸々としたまま横たわっていた。今まで見たものと言えば、轢かれてペッチャンコになったものにカラスが取り付いて腸をついばんでひっぱり出したりしていたものだが。ところでネズミというものは這うように走る。ネズミが車にはねられることはない。ボディの高さまでジャンプしないと車にぶつかれない。轢死しかない。今日の鼠君は身体損傷なしで死に至っていた。病死だとすると、齧歯類が病死するほどの病とは何だろう。考えたが分からなかった。

後日、身長12㎝あまりの子猫の死骸をアパート出口に見つける。病死かどうか分からなかったが、内蔵破裂はしていなかった。思わず手を合わせたが、日本の放置された猫集団と、どちらの猫が人権（猫権）侵害を受けていると言えるのだろうか。

引っ越して四日目、来てすぐ蛇口に水を柔らかく出すスポンジ状のカバーを付けたが見事な茶色になった。使用前のものと比較して写真を撮った。引っ越し前のところの水はもう少し色が黒く粒子が大きかった。こちらは茶色で貯水槽が澄んでくるのに時間がかかる。地下水源が異なるようだ。

水3

新事態の発生。地下水を汲み上げるポンプが暴走した。昼、学校に電話が入り、下の階の天井から漏水、すぐ対処せよということで行ってみると二階の台所がプールに。ポンプは、稼働したまま大量の水を噴水のように吐き出していた。すぐにスイッチを切った。漏電が怖い。安全のためにすべての電源をカットして一階へ行った。住人のおばあさんが困りきった顔で出てきた。すぐに二階へモップを取りにいき、何十回か拭いては絞り拭いては絞りを繰り返す。少し天井雨も収まったところで、もういいからと言われ、学校へとって返す。

仕事が終わって帰宅。プールの水を排水溝に掻き出すこと一〇〇〇回。やや腰痛気味。台所のすべての食器、パン、瓶類、棚の上は水槽があった天井から溢れた水で、埃を含む茶黒い液体の洗礼を受けていた。全部の清浄化に数時間を要した。

地下水の使用は最小限にする。食器を洗った後は重曹水に漬けてから乾かす。黒い食器の場合白い濁点が残ったり、重曹の苦みと酸味が残留したりするが、あまり気にしない。おひたしを最近作るようになったが、これだけは例外で、醤油を落としたときに苦みが気になるので事前にロールティッシュで拭いてから煮る。おひたしはチンゲンサイで作っているが、束ねたテープに「新鮮野菜」と書いてあるのは日本産なのか、こちらの日本版栽培なのか。レシートには「thai mustard」と書いてある。もうひと種類の「新鮮野菜」は「green mustard」とレシートに書いてあるが、カラシ菜のことか。いずれもタイからの輸入野菜かもしれない。

その後、地下水は、ポンプ上部の調整水も吐き出したため断水となり、三日経過後、呼び水のしかたを教わり、夜の一一時に実施、成功。幼少の頃、井戸で弁が乾燥した時に呼び水をして水をくみ出したことや、その地下水が小学校六年生の時に急に臭くなり、油が浮いて使えなくなり、同時に上水道が開通したが、カルキ臭かったことなどいろいろと昔のことを思い出していた。

三日ぶりのシャワーを浴びたが、泥を含む水でも、なくなれば生きてゆけない。後日この断水のせいか、股間に白癬菌を涵養するはめとなり、中国製軟膏で余計に腫れて、O軟膏で治す。町では足に皮膚病を患うものが少なくない。特に少年に多く見かける。膝下しか見えないが、かさぶたと白い薬に覆われている。裸足である。僧籍の者は全員裸足で、赤い吐き出された噛み煙草と鼠の死骸と犬の糞の上を歩いて托鉢をしている。幸いガラス片や金属片は少ない。

地下水の汲み上げ時間は決まっている。夜の一一時半からがこの部屋の順番で、それまでは出てこない。学校の事務室のお兄さんの説明では上流から順番に取水すると、東の方向を指して説明してくれたが、どう見てもその道は下り坂でそちらが下流である。おそらく地下水の取水口に高さの差があると思われる。この部屋は順番が後ろの方だろう。ちょうど熟睡の時間帯で、一旦起きると一時間ほど目が覚めてしまい、これが目下の生活習慣上のネックになっているが、いかんともしがたい。寝過ごして朝四時に水を上げたことがあるがその時は出た。その取水口から上がってくるパイプの裏庭側の升を見るととても使う気になれない。その升は1m四方くらいで10㎝厚のコンクリート板でふさがれているものの、真っ黒なカビ状の絨毯に覆われ、その上に雨水も排水も降りかかっている。その汚水が漏れ入らないとはとても思えない。最近、清掃局の人々によって裏庭の真っ黒なゴミが一掃されたが汚物の山は大型トラック一台分以上あった。

この断水の間、食器を使わないように紙皿・紙コップを使って使い捨てたが、紙を自国生産していないMM国では紙はすべて輸入品で紙を使い捨てる習慣は、トイレを除くとない。掃除機も紙パック式はなく、すべて集塵袋は布製で取り出して洗う型式。ポケットティッシュは見ない。コピー用紙も、単価下落傾向の日本とは違い高級品扱い。裏が白い紙は捨ててはならない。学校のメモ用紙の裏が生徒の健康診断書のコピーし損じだったりして、個人情報は守られていない。古本もとことん古いものも骨董的価値ではなく普通に売っている。紙コップ、紙皿もあるがコーティングが施され丈夫で使い捨てにはしない。再製紙率も低いか、またはない。段ボールも輸入かどうかはよく分からないが、日本の段ボールの強度にはほど遠く、少しの雨で使用不可能になる。

行きつけの店で漂白液を発見してすぐに購入する。99・9％と表示があるが日本の液体漂白剤より薄い印象で、直接指で触れても日本のものほど指に残らない。臭いもきつくない。これを食器・野菜消毒用重曹水に加えて最終兵器にしようと考えた。まず、モンゴル産天然重曹（食品添加物で野菜などは少し甘くさえなる）を飲料水に混ぜて、食器を拭くふきんに滲ませる。のち、鍋に満たし食器と野菜を洗浄して調理をする。消毒用鍋いっぱい一週間で多くの沈澱物を含有する状態になる。お茶の葉や拭き取ったティッシュの残骸や野菜に付着していた小さな砂状のものなどが鍋に沈んでいる。上澄みだけをポリバケツに取っていたが、それを捨てる気にはなれず困っていた。そのやや黄色になった澄んだ水に件の漂白剤を追加。雑巾や台所の床の清掃に使うのである。

水4

黒板を爪で引っ掻く音がする。ほとんどの人間が嫌う音で、一説によると恐竜の鳴き声と同じ周波数で人類のDNAに刷り込まれているのではという説があるくらい、万人が耳を塞ぐ音である。夜の一〇時一一時頃の黒板を掻く音は、実は犬の鳴き声で、負け犬の「キャイン」の連続音であった。それは突然、発せられる。決して「ウー」「ウー」と互いにうなって互角に決闘した結果の「キャイン」ではない。はじめから「キーキー」であって、一方的敗北。犬の世界にもいじめがあるようだ。

そういえば、福島原発事故避難者（八万人）へのいじめがニュースになっていた。学校で「〇〇菌」と呼ばれ、補助金をもらっていることから金品をたかられていた。ここには心ない大人の影がちらつく。大人の認識が狂っている。教育界の反応も鈍い。神奈川県川崎市の例である。私の同僚二人も神奈川で、教頭になったところで早期退職して、一人は幼稚園の園長に、もう一人は大学講師として働いているが、退職理由のひとつが「同僚同士の監視密告体制で、その窓口が教頭だから」という話を聞いた。これではいじめはなくなるまい。

さて、ＭＭ国の犬たちは夜にバトルをくり返す。ものすごい数と音量、走り回る音もすごい。数分で途切れまた始まる。「キーキー」「ギャー」。続いて走る音、バタバタ、転がる音、唸る声「ウー」「バウ」「ギャウ」「グルグル」「ガオガオ」、バタバタゴロゴロ。かわいらしい「ワン」などという声は聞こえない。昼間、路上に横になっただらけきった犬の姿からは想像できないエネルギーである。人間への従属から解放されてオオカミ化して野生の証明をしているのか。それでも明け方になると日本でも聞こえる普通の遠吠えになる。遠くに連鎖していく「ウォーン」という声である。救急車のサイレンに反応する犬が日本にはいたっけ、などと思いながら。

そして、その犬バトルの前にヒトのバトルが繰り広げられる。隣人の家庭内争議らしく、週二〜三回のペースで開催される。どうも女同士の戦いらしい。小さな子供も二人いて、旦那の姿は見たことがない。昨夜は、外の路上に仁王立ちして二階の隣窓に向かって叫ぶ女性の姿が見えた。子供たちはお母さんとおばさんの大げんかをどう見ているのだろう。階段で隔てられてはいるが、なにしろ隣室との壁は板一枚で深夜に寝息が聞こえたこともあるこのアパートである。これでは戦いは同じ室内で、まるで目の前でやられているかのようであるが、言葉が分からず内容が分からないので判定しようがない。時々、子供が叫んでいるが、あれは中学生ぐらいの娘の声か、やめてくれと言う意味だろう。それから夜一〇時を過ぎて決まって釘を壁に打つ音。一瞬こちらの壁で打っているのかと錯覚する。毎晩、釘を三~四本打って何を壁に掛けているのだろうか。夜に何をしているのだろうかわからない。

そうこうしているうちに水を汲み上げる一一時半となる。汲み上げは普通七分で終わる。しかし、なぜか水が上がってこない夜がある。モーターの空回りでの故障は怖いので、一度切る。寝て待つ。繰り返し揚水を確認し、できない場合は切る行為を続ける。昨日は揚水開始は深夜一時半だった。ある日は二時半だった。こんな生活が続く。寝不足は必至だ。

専門学校後輩の若者に宛てたメール

沢口弘幸　様

ご無沙汰しています。皆さん、とは言ってもメンバーは替わっていますね。お元気でしょうか。日本語教師をめざしてしっかりやっていきましょう。

この仕事はご存じのとおり日本企業の海外進出の後ろをついていくという側面を持っています。需要もそこにあり、各国との関係の深浅によって大きく影響を受けます。ＭＭ国は日本とは、というより欧米ともかなりの距離があり、日本語と日本語教師の需要はまだまだ形に表れていません。しかし、生徒と接するなかで英語と同じくらいの強い潜在性を感じます。現実は染み込むような中国資本と粗製品に溢れています。韓国・ベトナムも入り込んでいます。日本製はトヨタ中古車を除き見ません。でも、ＭＭ国人は日本語を学び英語も学び世界に追いつこうとしています。「中国韓国製造のバッタ品がＭＭ国を貧しくする」と言った一九歳の生徒がいます。私は嫌韓家でも嫌中家でもありませんが、ＭＭ国と日本をつなぐ橋の土台の下の石ころくらいになればいいと思っています。こちらに来てすぐ軍管掌の国営テレビに出たり、ある式典で結構前席の場所に、こちらの正装で出席したり、と目立つ場所に連れて行かれています。まだ、日本人が珍しい存在なのでしょう。

皆さんも恐れず世界に出て行きましょう。または日本にいる外国人のために何かをしましょう。そこには必ず必要とされる空間とやりがいに満ちた時間があるでしょう。

最後に、本当は毎日停電・断水があり、物がすぐ腐ってしまうとんでもない世界にいて、苦労はしています。では、どしゃぶり雨季のＭＭ国から失礼します。

追記：添付した写真は拡散しないようお願いします。

電圧・電流・電力

停電は日に数回、三〇分から二時間くらいのこともある。電源にはおおもとの切断レバーがあり、次に電圧低下を補うボックスがあり、冷蔵庫とテレビ・エアコン・全電灯に繋がっている。ビル全体が水を引き揚げたりする場合に、そのボックスは自動的に働くらしい。手動の仕方も少し聞いたが、よく分からなかった。その下流に、停電が復活した時に作動する、電圧を調整する（上昇させる）機械が接続されている。これはエアコンの根っこにもつけられている。停電復活後、冷蔵庫はまだ暗い、少し遅れてテレビサーバーとともに点灯する。テレビは「DEL」表示、サーバーは「SKY NET」と書かれた機械。停電時、活躍する充電式ＬＥＤ懐中電灯というものもある。かなり明るい。タッチスイッチ、これも時々故障するが中国製らしい。

どんなにすばらしい番組も停電のもとでは手立てがない。録画できたとしても停電中の内容はやはりなくなるだろう。もともと録画の機械が夢のまた夢。スカイネットでテレビは観る。主にＮＨＫワールドとＮＨＫプレミアム。チャンネル操作がリモコンで飛びまくる。同じスイッチを押し続けているのに上に行ったり下に行ったりする１００チャンネル。最近はNETSPORT「１ch～３ch」などでリオオリンピックを観る。どのチャンネルも日本チームじゃない。あっ、日本のバドミントンだと思ったらポルトガル語かい、みたいなぐあいだ。調べるとＭＭ国にオリンピック選手は数人しかいない。オリンピック自体が話題にならない国に私はいる。

朝、家を出る時に停電すると、どのスイッチがoffになっていないのかすべて見て回る。一番は水を汲み上げるポンプのスイッチの切り忘れ。やってしまったことはないが、水が溢れ続ける。後日、自動的に止まるはずのポンプが回り続け、階下の住民から学校に緊急の電話を受けるが、それはすでに述べた。最近、シャワーの装置の水が出っぱなしになり取り替えた。新しい機械でお湯が出るようになっ

日本製電気工具。すべて使用できない。分解して再利用する。スイッチとブラシ部分がダメだから再生は難しそうだが、歴とした売り物だ。

たが、今度は水圧を上げるモーターが回りっぱなしになりブレーカーが落ちる。初めて落ちた時はシャンプーの途中で真っ暗に。水も止まる。頭は泡だらけで、暗闇の中を玄関まで行きブレーカーを上げる。またすぐ落ちる。全身濡れたままで、また上げる。感電の不安。あきらめて停電のまま、ちょろちょろ水で流して終わりにする。その後、温水ヒーター出力を半分にして水量を下げ、家中の電気製品の使用を止めて、かろうじて冷水ではない水でシャワーを使う。しかし、モーター音が故障の音を発し、またブレーカーが落ちる。いかんともしがたい。

娘が持たせてくれた小型空気清浄機とシェーバーは100V用なので日本で買った調整器に繋ぎ、こちらで買った電気蚊取り線香とかLEDとかはそのままコンセントへ。延長コードも二体買ったが、二つ目はパイロットが点灯せず、すぐに交換。たぶんパイロットランプへの断線。新品に取り替えたが、プラグを繋ぐたびに火花が飛ぶ。繋ぎっぱなしか、外しっぱなしで使うようにする。抜く時にではなく、繋ぐ時に火花というのはなぜだろうか分からない。後日、この二つの延長コードはシャワーコンセントが断線した時、台所から延長して電源を取る際に使用したが、コード全体がニクロム線のように発熱し火花と硝煙様物質を炎上させ断線した。アンペア不足。バシッという音がした。抜こうとしたがコードもプラグも発熱していた。

また、天井の蛍光灯はかなり明るいが細かい文字を書くには照度不足。電気スタンドなどという物はどこかにあるのだろうか、見たことがない。後日、デパートで発見するが買わなかった。また、日本の事務所でよく見るスチールの机と事務用の椅子も見たことがない。エアコンにはChigoのロゴがあり、DryとHeatの作動差がない。温度の調整も目が粗く28℃では三〇分に一回三分運転、20℃では三分ごとに三分運転と、違うかもしれないが、単に運転頻度だけで調整しているように感じられる。事務員の若い人が「中国の製品が自分の国を貧しくする」と言った。知っているのである。また「メイド　イン　ジャパンも中国で作っているのですよね」と言う。中国による自国への待遇差をよく分かっているのである。

通信事情1

日本の常識は通用しない。私は今はSkypeが緊急連絡手段になっている。携帯をそのまま持ち込もうと、日本で契約内容を見直したが、コストがバカみたいにかかるのでやめた。契約では実務的に大量のデータをやりとりすることを想定している。私の使用目的は「おばあちゃんの急変」「自分の急変」「ホームシック改善薬」の三つである。こちらで携帯を買ってSkypeのアンテナにした。これは繋がった。後で分かることだが、日本現地メールにはこちらからは繋げない。そのこととあの料金の高さは意味が繋がる。アンテナ用スマホは、front end processorに日本語がない。ローマ字で打とうとしたら、spel checkerが勝手な英単語にしてしまう。英文でしか打てない。またはＭＭ語。

ネット環境についてであるが、スコールと停電に大きく影響を受ける。雨季のスコールは、まず、凪はないがゴーという聞いたこともない遠い雨の音と、落ちない雷のゴロゴロ音で、一日に三回～十回くらい不通になる。Skypeは画像が乱れ始め、モザイク状になり、やがて音声が途切れ、無音になる。そして、近づく雨に襲われて停電。停電するとパソコンはバッテリーで動いているが、ネットは切れてしまう。停電後すぐ、ジェネレータに切り替え、蛍光灯は点いて学校は続くが、ジェネレータは電圧が常に変動し、パソコンに悪影響が出る。さらに停電回復時、過充電状態になりパソコンはフリーズする。バッテリーを外して二時間放電し、リセットしたら直った。停電したら電源を外すのが必須だが、充電は常にしておかないといけない。長い停電は二時間を超えるからだ。

最近隣に大きなビルが建設されだした。ネットが無効になり、学校専属の電気屋兼建具屋がアンテナを取り替えて改善された。彼は親切で勤勉で、本校専属だが、次回不通になった時、いつ来てくれるのかは分からない。その電気屋と本校とは、雇用契約などはたぶんだがない。

学校で授業が終わり、日本の自宅とSkypeをしてもひんしゅくではない時間は四～五時だが、その時間は日本時間では六時半～七時半で、普通は通勤や買い物の時間である。学校は五時一〇分にはロックアウトされる。徒歩一五分で宿舎であるが、大雨の時はパソコンが濡れるので動かせない。

それから、洗濯物のうち下着以外はある学校への奉仕活動家に任せているが、その曜日は不確定で、その洗濯荷物とパソコンはリュックの収納上同時には運べない。宿舎に着いて、MM国で購入した携帯をアンテナにしてSkypeを繋ぐが、宿舎もアンテナ感度はやや低い。その上、携帯に1000円相当のプリペイド入金をしないと繋がらない。そのプリペイドカードの購入ができず、今はまだ庁務の、おじいちゃんと呼ばれている人にお願いしている状態。プリペイドカードは200円見当で一五分といった感覚で使用する。最近、skypeがこちら購入の携帯に直接入るようになったが、着信チャットのみで「新バージョン、アップデート」の表示で、その先には進まない。時々、英語・ミャンマー語表示になる。ローマ字で送ってやろうとするが、ムリクリEnglishに自動変換してしまうローマ字。旧携帯は死に体だが、着信だけはきちんと届いていて、申し訳なく思いながら、どうしても返信が返せない。国による回線速度の差がファイヤーウオールになるらしい。手で紙に書く手紙を妹と川口君には送った。これもポストに入れたのは件の「おじいちゃん」である。以上が現在の通信事情であるが、日本は何でもすぐ繋がり、物理的障害が皆無の国で、あるいは修復がすぐできて恒常的に一定期間保障されている。そういう国に住んでいることを日本のみんなはもう一度考えてほしいと思う。誰かがそのシステムを維持している。私が今している努力は、日本では「パソコンインフラの整備」の一言で終わってしまう内容である。なかなか理解してもらえないだろう。一部は私の言語能力・ＩＣリテラシー能力の不足もあるのだが。

通信事情２

Skypeはまずまず。YahooはＭＭ国内誰も使用せず、Yahoo mailも通じにくいので、急遽Gmailに変更したが、その変更前のYahoo mailは養成講座の仲間にしか繋がっておらず、携帯のメールで平常時やりとりしていたOB・OGたちとは不通のまま。その唯一の細い通路であるGmailでOB・OGたちの旧携帯に残るメールアドレスを手で打ち込んで、近いOG・OBから連絡してみたが、打ち込み方が悪いのか、それでうまくいったのは川口君とOG勝山さんのみ。川口君はSkypeの山中君を通しての情報なので直接のGmailではない。勝山さんは山中君から伝えてもらったアドレスなのでこちらからのアプローチではない。勝山さんはのち不通と判明。また、のち判明したことは日本へはこちらからは届かないということ。例えば次のような誤解を生じていた。

「お疲れさま。お久しぶりです。公私ともに忙しいなかご迷惑でしょうが、幹事より近況わかりますかとの事でした。何でも八月にクラス会をするのでコメントが欲しいそうです。もし、かまわないならこのアドレスを教えますけどね」

このメールは友人川口君のものだと今は思うが、当時はOG勝山さんと思い込んでいて、文中の幹事は大林さんと思い込んで読んだ。直前に脇山君から「勝山さんにSkypeIDを教えてよいか」との問い合わせを受け「勝山さんにはGmail addressを教える」ようにお願いしたところだった。このメールが川口君のものだとすれば（その場合、幹事は勝山さん）、勝山さんからは何も連絡がないことになる。そして今は、「川口君へのGmailもSkypeも届かないみたいだ」、というぐあい。なにがどうなってるんだろか理解不能になった。要は、アドレス・ニックネームをちゃんと見ていないのだが。

その後、川口君とはSkypeのチャットで繋がり、Gmailでも繋がり、ようやく、勝山さんとも、川口君とのSkypeのチャット上の情報からアドレスを手で打ち込んで、やっと開通。矛盾していた前後が繋がった。通じていない可能性について、記憶喪失のまだら模様のように想像することは、普通の脳みそではできないことだと分かった。たとえば通信情報が1Aさん、2Bさん、3またAさん、次4Cさん、5またAさんとあったとして、1と2と4が有効で3と5が不通の場合とか考えることである。たぶん、人間の能力を超える場合分け・可能性パターンだと思う。また、夜一〇時一二分発信のGmailが記録上あるが、その時間に起きていた記憶がない。謎である。発信中停電だった場合、MM国の通信事情から、その情報はどこでどのくらい止まっている（消えている）のだろう。

後日、山中君、脇山君、川口君とSkype四元中継に成功した。すばらしいことであったが、話題はもっぱらMM国の世情・事情に終始した。

裸族になる男

まずまずの文明国からこのＭＭ国に来た男がなぜ裸族になったのか。高温多湿だから。根本要素ではあるが正解ではない。まず洗濯の事情がある。この慈善事業に似た学校には信者とも言える人がおり校長（雇い主）の手伝いを願い出ている。校長の洗濯もしているのかは分からないが、私の服を洗うという。初めての時は何でもかんでも出してみたが、以前に総長が粗相をした洗濯物を出してきて往生したという話もあって、下に穿く下着は自主規制するようになった。その下の下着が雨季のためか完全には乾かない。そもそも洗濯機・脱水機・乾燥機なしでたらいが三つでどうするか。洗剤はある。一回に一〇枚ほど洗い、すすぎは三回、手で絞ると最近の綿ポリは丈夫で手首が腱鞘炎気味になる。若くない。一方、タオルは九枚ある。一枚は枕カバーの上に掛ける。枕カバーだけで失敗したことがある。来てはじめの頃は、何も分からず、身体不如意もあって、帰宅時発汗したままベッドにバタン。シーツも枕カバーもよく吸汗してくれて、後日かぐわしい代物となり、のちのダニを呼び寄せ、蚊を招待する原因となっていく。このタオルと下の下着の洗濯が裸族を生むのである。

その前にシーツと枕の洗濯大事件を解説しよう。２ｍのシーツを直径35㎝のたらいで洗うと服はびしょびしょになる。濡れた衣類をどうするか、これも洗うか、で裸族の誕生。着て洗うとそれもまた洗うことになるので。これが原因のひとつ。頑張ってすべて三回すすぎ、泡がようやく消えた。ひとつの水を切ったたらいにその腱鞘炎を招来した雑巾パンツとタオルが転がっている。これらをかかえて洗い場を出る。台所の裏窓の死角は狭い。見られるけど裸で２ｍ歩く。シーツは室内には干せない。シーツの水がどこからもしたたり落ちることなく手で絞ることができる人がいたら鉄人である。部屋を横切り、窓の外に干す。服がないことに気づく。

次に枕の洗濯、枕は脱水機もなく、手で洗ってはいけないものと知る。干して半分乾いたところで振り回すと水が奥から出て四方に散る。四～五日干して、膝にばんばん当てたらパジャマがびしょ濡れになった。仕方なく枕は解体することに。部屋の床が綿の海になる。これを「わたつみ」と言う。それでもなお「わたつみ」には冷たいところがあちこちにある。タオルで挟んで手で押すこと一〇〇〇回、扇風機を弱めに当てて放置すること一日、ようやく詰め直し開始。その枕を再び臭気放つ汚物としないため、必ずタオルを掛けて使用する。頭は意外と発汗するのだと分かった。

この枕用タオルとシャワー後使用する払拭用タオルの洗濯の頻度を下げるには、加えて少し湿度を持ったパンツをはく際には、身体全体の乾燥度が高くなってから、払拭用タオルは、残った水滴をたたくように拭き取り、決してぬぐい取らない。股間をティッシュなどで十分に水分を取った後、下着を身につける。この身体乾燥の自然時間が裸族を生んだということになる。

股間には少し前まで発疹ができていたが、妻が送ってくれたO軟膏で治癒していた。しかし、後日ついに股間に真菌を涵養する。真菌に親近感はない。白癬菌が頭にくると怒りの「しらくも」になる。足下に伏すと「水虫」。これは左の足にだけ一〇年以上住んでいる。母からもらったもので、母存命中は治す気がしなかった。今は治したいと思っているが、今度は白癬君が嫌だと言っている。O軟膏効能書きには「たむし」「いんきん」「しらくも」に効くと記載してあり三つをきちんと区別している。前者二つの区別が分からない。ネットに尋ねると女性にも罹患例があるという。これも新知識だった。現在、治療中。ベビーパウダーを購入する。

日本語の多様性と教育

日本人には新しいものが好きだという一面がある。これは外来のものをすぐにカタカナで名称化できることと関係が深い。古くは「パン・たばこ」のようなポルトガル語から、仏語「クレヨン・デジャヴ」、また最近の通信機器用語までありとあらゆるローマ字を平板な日本語、できれば四音節に翻訳、いや表音化する。「いますぐモバイル端末にダウンロード」などと一知半解のまま使用してしまうが、それでもその技術自体は浸透していく。また「マジ・キモイ」など会話から生まれた言葉の多くはカタカナ表記から始まり、定着のいかんは別論議として、使用が一般化していく。

一方、漢字はもう少し浸透したのち流通する。こちらはその漢字が表象する概念が、ある程度固まってのち使用される。「過労死」「自動運転車」など。「自動運転車」はもともと「自動車」から派生、「自動車」これは勝手に動く車。つまり、それまであった「荷車」は人力で押さないと動かなかったが、自動車はボタンひとつで動き出すということで「自動車」。そして今回は、動き出したあとも人間の目と脳みその一部を自動的に補って動くという。すでにある「オートマチック車」とはシフトチェンジだけを自動化した車両として使われている言葉だ。そこで「操作・制御」の意味の「運転」を挟み込んだ「自動運転車」が流通しやすかったのだろう。

このように、カタカナと漢字があることで、表音文字のひらがなだけの世界よりも豊かな言語空間が生まれていることが分かる。一方、このために海外の日本語学習者、特に非漢字圏の学生が最後に難関とするのが漢字であることも確かで、これは日本の高校生も共通で、我々教える側も読めるが書けない字も多い。しかし、漢字は左脳、言語は右脳という指摘もあり両脳を使う日本語は脳消費のバランスが良い、という説もある。

漢字を教えるコツは、そんなものはないが、漢字は一種の模様であるので、短時間でも毎日見る・書くことが肝要と思われる。

さて、件の「自動運転車」であるが、もしすべての車がそうなった時、例えば通信衛星によるマップエラーやサイバーテロなどで日本全国で同時に何千件もの同時多発事故が起こる可能性はないのだろうか。戦後、停電が頻発する時期もあったが、今はないし、ないことが常識だ。しかし、人によっては懐中電灯や電気不使用のストーブを用意しているように、念願叶って「自動運転車」が日常になったあかつきには「非自動運転車」をどこかに備蓄しておく必要はないのだろうか。

ちなみにMM国のタクシードライバーは、排ガス規制などがなく、メカが単純であるにしても、ほとんどの故障を自分で修理して車を動かして乗っている。日本人で自分の車のメカを自分で修繕して乗っている人はいるのだろうか。四〇年前、日産の大衆車に乗っていたが、ラジエーターやディストリビューターやポイントは自分で調整した。ボンネットの中は実に単純だったからである。今はすべてが専門化し法整備もされて、たしかに安全なのだが、反面、不測の事態を忘れ、決してノーリスクではないことを忘れてしまっている。

電車の車台部分を修理している。とにかく何でもマンパワーで直してしまう。

この日本人の文明依存症を修正する必要がある。このおごりに震災で気づくというのは自分を含めあまりにも愚かしい。日本人は勤勉で几帳面、新幹線は一〇分間隔で速度２４０㎞で走り、しかも事故がないという世界でも例のない一種奇跡を日常とする代わりに、神経症や過労死の増加と子供になくならないいじめや自死。社会に蔓延する閉塞感。

ありとあらゆる現代病を患っている。ここで大切なことはやはり「教育」である。

さらに、「自動運転車」で、これまでの文明と同様にそれで浮いた個人の時間や体力は有効にヒトに作用するのか。洗濯機や掃除機の普及が主婦にもたらしたものが「小人閑居して……」というのでは意味がない。ここにも広義の、社会を含めた「教育」の存在が不可欠だろう。

日本語の特性

外国人による日本語スピーチで優勝したトルコ人の意見に「冷たい日本人とその暖かいふるまい」という内容があり、日本に来る外国人は外国人同士では仲良しになるが、日本人の中に入っていける人は少ないというもの。そのトルコ人は憬れの日本に来て多くの日本人の友達を作るのが夢だったというが、それはできず、多くの留学生の友達には恵まれながら、日本人からは避けられ続けた。日本語で話しかけているのに「英語できません」とよく返されたという。これはトルコ訛りの日本語が日本人には英語に聞こえてしまうという、日本人の英語コンプレックスにもよるすれ違いと思われるが、英会話がこんなに教育に取り入れられていながら、駅頭でアメリカ人が話しかけるテレビ番組がついに成立し得なかったという悲しい話もあり、それはもはや「シャイ」を越えて自閉性ですらある。そしてそのトルコ人はある日、自分も探し物があるのにそれを口にもせず、トルコ人の探し物につきあい、自分自身は探し物をする時間を失ってしまう日本人の友人を、あとでほかの人から聞いて知るという経験をする。これはひとたびふところに入ってしまうと自然に自己犠牲行為をしてしまう日本人の心性の表れであるが、彼女のはじめの経験は、彼女自身が避けられていたためではなく、英語によるコミュニケーションを日本人の側が避けていたということである。

日本語の特性について鈴木孝夫氏は、日本人のとある教師が自分の人称代名詞を校長の前では「私は」、生徒の前では「先生は」息子の前では「お父さんは」などと変えることについて論じているが、例えば、警察官が迷子の幼児にしゃがみ込んで「ボク、どこから来たの」などと尋ねることがあるが、これも英語に直訳すると、とんちんかんな宇宙人のようになってしまう。「私はどこからきたのだろうか」

このように日本語に潜む第一人称の多様さが、本来は相手の立場に立ったり、場の空気に適合させたりする「自己犠牲」や「奉仕の精神」の表れであるのに、それは同時に主体性の喪失も生んでしまうのであろう。日本人犯罪者の自白率の高さも、多くを語らせ、多くの立場に立たせることで自然にひとつの立場を離れてしまうということと関係がある。日本語に堪能な外国人が妙に日本人らしさを身につけてしまう、ある場合には日本人より日本人らしくなってしまうのもきっと言葉のせいだろう。

そして、日本語の中に存在してしまう、それら「自己犠牲」や「奉仕の精神」や「卑怯を憎む心」など日本人の美徳と言われているものが、もし精神性を失って言葉だけになってしまうようなことがあったら、それは恐ろしいことだ。日本のどこにも「自己犠牲的なもの」はないのに寄付やボランティアの労働部分だけが残っているような世界。実はすでにそれは存在しており、履歴書に「経験アリ」と書くためだけの一日のボランティアや売名目的の寄付など、少しずつ浸食されている気がする。

「自己犠牲」も本人がそう自覚したとたんに「自己欺瞞」に変わる。他者からの判断だけが「自己犠牲」を支える。このような言葉の持つ支配性と中空性をよく考えて、言葉を使ったり思考したりしなければならないだろう。日本人の特性（徳性）を見失わないためには、これからも相応の注意力が必要だ。すでにその徳性は失われつつあると感じるのは、私の年齢のせいだろうか。

細部にこだわる日本人

「根付けの国」という高村光太郎の詩がある。日本人の卑小さを嘆く歌である。小さいところに美を見いだすあまり、小さいモノしか作れなくなったという歌である。たしかにグランドデザインが間違っており、究極の細部の徹底に没入した結果が先の太平洋戦争の敗戦だろう。細部国民のほうが信念を持っていた。戦争の責任は「竹槍練習をする上空にB29の編隊が飛ぶところを見上げて、これでいいのかなと、子ども心に、漠然と思っていた私の母」のような感性がなぜ全体に生きてこなかったのかということに関わっている。細部現場主義の集積集大成を全体構造の根本方針にできないなら、ヒトラーかもしれない「天才」の出現を待つしかほかにはないのだろうか。細部の精密さをただ拡大しただけではそれは単なる「混沌」に行き着くのだろうか。

どんな遠景にも輪郭線が入る浮世絵は、1㎜の間に針のような彫刻刀を三回入れて四本の線を引くことができる版画の技術によって支えられている。また、洛中洛外図は細部がすべてであって、その全体像の統一性はおよそ皆無、というより全体統一性は、はじめから無視されている。無限に広がるものをただ切っている。

謝罪はしていないという意見もあるが、ドイツのヴァイツゼッカーがシンティやロマに対して共感したように、ドイツはほぼ完全な自己否定をすることで大きく殻を破って成長する青年のように変わることができた。それは今でも、その痛みを共有することで成立し続けている。


ところが、日本の場合はそうではなかった。一人ひとりはかなり良心的であるにもかかわらず、全体としての責任のありようは「必罰」とした東京裁判とその近代合理主義に対して、どこかそれは弥縫策であるように日本人は感じている。国民全体が間違っていて罪人だったと日本人は思っている。統治や支配が西欧の権力関係とは異なっていて契約論的ではない。民主主義のありようがどこか根本的に異なっている。その思いが自虐史観につながっていくし、何よりも天皇を裁いていないことが解りにくさを象徴している。「悪の頂点だけ善」

しかし、この「天皇不問」は若い国アメリカ合理主義の犯した矛盾であり、結果としては天才的失敗なのだ。

そして、逆に近代合理主義の側から眺めると、日本人の全体統一性喪失の欠陥は理性・悟性にまだ到達していない幼児性のように映る。日本人に対して、「完全な自己否定をして、早く大人になれよ」と青年欧米人たちはつい最近まで思っていた。しかし、近代合理主義つまるところ「科学」が中世の「神」に取って代わってその座についた時、ニーチェやハイデッガーが指摘したようにその破綻は運命づけられていた。近代合理主義の物差しをひっくり返してみると違うことが見えてくる。その単位物差しであるメジャーを捨てるのではなく、膨らんだ風船を一回しぼませて裏表をひっくり返す。外にあった空気は全部中へ、中にあった空気は外へ。

そうすると、欧米青年に笑われた東洋の少年の、両者以外の立ち位置の人々がいることに気づく。小さな子供と老人である。小さな子供と老人は「才気煥発」「体力最高潮」ではないが、おおらかである。すぐ忘れる。そして、統一性の欠如。「近代合理主義」と「竹槍対B29」が同じ水平面上にある。

いまや、近代合理主義はその座を人工知能に奪われてしまうのではないかと戦々兢々としている。自分と同じことを乗数倍の速さで処理してしまうから。

さらにネット社会のありさまは、逆に、まさに細部オンパレード。細部だらけ。まるでカラーテレビや点描画の超拡大版を見せられているようで、一つひとつははっきり見えるが全体を見た人は誰もいない。しばらくはこの状態が続くだろう。商品経済の世界もボーダーレス、国境線を曖昧にする。国家という枠組みでない世界。個々の国ごとの共通利害ではない組み合わせ。言葉の壁も下がってくる。

これらの統合はどれも一人の人間の能力をはるかに超えている。

しかし、よく考えてみると、理性の破綻ははじめから定められていたのだから気にする必要はない。ドット一つひとつの色や形さえはっきりしていれば全体像については「わかりません」と答えるのが至当なのである。風船の外の空気を全部中に詰めてみた。中にあったものはどこに行ったのか、何だったのか、それは今はまだ解っていないのである。先頃のリオから東京への「オリンピック引き継ぎセレモニー」で否応なくにじみ出たという日本色、あれでいいのではないか。戦争は二度としないが、「根付けの国」式でやっていこう。

殺蝙蝠事件と敬老の時間

今日は朝から停電のようだが、すべて消灯して寝るから分からない。冷蔵庫を開けると真っ暗、あっ停電と気づく。パン、焼けない。レンジ、使えない。お湯だけ沸かして紅茶を飲むか。散歩に出ることに。外でお坊さんの列の先頭と遭遇。小学校高学年の子供が鐘を打って施しを訴える。その服は垢に汚れ、ズボンは一見カラフルだが地は煮しめたように茶色だ。孤児かもしれない。この国の教育のナベの底には寺院があり、寄付で支えられている。美談である。でも、教育に金をかけなくても最後は何とかなるという思想を生んでいる。貧者や孤児をどう見て、どうするのか。寄付金が世界一とか、美談とか言われているうちはダメだ。この国の教育や貧困や多民族状態についてMM国社会は決めなくてはならない。独裁や軍事ではない方法で。

三〇分歩いて帰る。まだ停電、今日は月曜日なのに停電が長い。パンをフライパンであぶる。すぐ焦げる。換気扇は回らない、煙が淀む。暗い中、唯一の懐中LED、見つめると目が痛いが、この明かりでも部屋全体には弱い。山小屋の夜のようだ。焦げたパンにチーズを乗せ、ジャムを乗せて食べる。美味しい。贅沢とさえ思える。日常のかすかな喜びが大きいものに感じることは不幸のようで実は幸せだ。

ここで突然ドデカい蛾が侵入。しかもツバメのように速い飛翔。蝙蝠が闖入したのだ。一〇分ほどだろうか、一度もとどまらず、八の字を描きながら二つの部屋を飛びまくる。

こちらは、ほうきを持ちタオルを口に当てながら、殺虫剤を噴霧し続け、入ってきた裏窓へと導く。やがて、テーブルと戸棚の境目に止まる。テーブルを動かすとストンと下に落ちる。ビニール袋で覆い、雑巾で掴み、裏窓から放つ。下に落ちた。部屋はガス室のように煙ってしまった。また部屋を出る。後日、確認すると遺体はない。どうしたのか解らないが殺生したのかもしれない。

そうして学校へ行くと特殊な儀式が待っていた。年齢が下の職員に囲まれ椅子に掛ける。校長を含む七～八人にひざまずかれ三回、額を床につけて拝礼される。校長から感謝の言葉「家族がいるのにボランティアでよく来て下さった」という内容。校長は落涙している。私は面食らう。「来た当初は腰を痛め授業もままならず、今は特別に能力を伸長させる生徒も出て、幸せだ」と答える。そして直前に、校長から言われたとおり特殊な折り方で1cm×3cm角にした200ks紙幣×五枚ずつ配る。そして、一万円の餞別様の現金を受け取る。近く、生徒を連れて日本へ行く支度金でもある。今月の一六日は満月で仏さまが多くの弟子に成仏（悟り）を授け、衆生の救済もしたという日だという。この日に合わせ、年長の者を敬い、このような儀式を行うという。私は来たる一六日、日本で生徒三八名を引率して鎌倉（あるいは名古屋）でこの儀式を行う運営側。だから、今日ここで代行されたというわけだ。面食らったがなんとかこなした。みんな当たり前のように行動したが、理解しにくい日本語を黙って聞いた人もたぶんいただろう。事務所の若い人たちは日本語が比較的堪能だ。彼らの中には私の言葉が届いた者もいたようだった。

雨季の到来

ＭＭ国は雨など降らないと思い込んでいたのは誰だ。とてつもない雨が通過していく。テレビの音量をかき消す雨音。軒は滝を裏から見ているありさま。一〇～三〇分で少し収まってくる。やがては曇り空に。地下水をあれだけ汲み上げて地盤が沈下しない理由はこの雨量のためだ。おかげで気温が10℃下がる。こんな夕方は多くの人が外に出て夕涼み、週末ということもあるのか、それにしても夜九時半にまだ子供たちの声が路地に響く。一〇時はさすがになくなる。すると、今度は大音量のスピーカーで寄付を募る放送（のちにそう確認するが、いまだ内容は不理解）が続く。安眠妨害などというのは信仰心の欠如。米国と並び、貨幣格差一〇倍にもかかわらず、寄付の多い国ランキング世界一位だそうだ。

我慢して目をつぶる。本当に目をつぶる。少ししてスピーカーの音がゆがんで消えた。停電だ。雨の後は必ず停電、真っ暗に。教室だとやがて携帯の電灯がそこここで光り出す。停電には慣れた。しかし、一日に二時間の停電が仮に三回あった場合、冷蔵庫が保冷箱になることを後で知る。冷蔵庫で保存できる期間の感覚を改めることになる。

雨季は続く。床のある部分に自然結露ができる。床を触ると冷たい部分とそうでない部分があり、冷たいところに結露が発生。たまたまベッドの右上1／8ぐらいの下が冷たいエリアと重なり、びしょびしょに。ベッドは枠なしで、20㎝厚のマットを直接床に置いて使用している。それを持ち上げて洗面器二個をはさみ空間を作って乾かす。扇風機をつけっぱなしにするが、これが発熱発火の危険があるとのこと（校長は中国製だからとはっきり言った）で、のちやめる。電気器具のつけっぱなしは、電気製品の発火問題だけでなく、屋内配線自体が昔のものは細く、最近の容量の大きい家電は危ないという。少しずつ張り替えているが追い付いていないとのこと。やがて台所の床の半分が結露するようになる。台所は北東向きであるが、隣ビルとの隙間は3ｍで直接光は入らない。換気扇つけっぱなしも最近やめた。台所に直結するバスルームの敷居の周囲はじわじわした水漏れがいたるところで起こっている。10㎝角タイルの目地から黄色っぽい水が湧く。バスルームの境界壁の下にも水がにじむ。これを日本からシーラントを持ち込んで直そうと思ったが、ダメかもしれない。壁の白い塗料自体が雑巾で拭くと落ちてしまうような親水性の塗装なので、その上からシリコンで塞いでも、にじみは塗装を溶かしながら出続けるだろう。スポンジを並べて毎日絞る「ボブ作戦」にしてはどうか。この結露も施工の善し悪しが、雨を床下に呼び込んで起こると校長は言っている。

股間の発疹は治ったが、パンツの帯部分に複数のダニがいたらしく、ある朝おなかに並んだ赤い点々を発見。赤い点々をひとつ一つ、よおく見ると小さな二つの穴がある。もちろん痒い。下着は自分で洗濯しているが乾かない。在室時は扇風機を回し、エアコンをdryモードにするが、それでも難しい。heatモードもあるが、heatじゃない。ある日、エアコンをつけた瞬間に吹き出し口から霧が発生。室内の湿度の高さが分かる。日本では冷凍倉庫で見たことがある。下着は乾いた後、畳んで置いておく間にも湿ってくる。ある店で除湿器を発見。日本製が見当たらない。値段も不明であきらめる。ロールティッシュの帯を床に敷き詰めること丸々一本。それを足で踏む。冷たい。扇風機を回す。そして放置。ベッドは位置をずらして寝た。

後日、全床の結露は貯水槽の水を抜き、使用を絶つと回復に向かった。

二八年後の亡命者

ＮＨＫが特集を組んだ。「二八年後のＭＭ国亡命者の帰国」日本国内向けは、帰国を決めて政治家になろうとする人と子供の教育のために日本に残留する家族、二様のさまを対照的に捉えていた。ところが海外向けの放送では、別の、帰国して夫婦で学校を作ろうという美しい話にまとめられていた。気になったのはその点だけではない。日本国内向けでは二箇所。一つ目は、政治家を目指す人が軍事政権側の国会議員に会いに行ったところで、会見後記者がその理由を尋ねると、自分と異なる意見の人の話を聞くことが大切だと言っていた点。政治家として勘所を押さえていて秀逸である。一九八八年ＭＭ国軍は当時の民主化デモを銃で鎮圧した。自国民を守るべき国軍が自国民を銃撃したことが許せなかった人々が、そののちの諜報活動に命の危険を感じ亡命したのだ。そして二八年後、帰国許可が下りて、かつての敵の後継者に意見を聞きに行く。しかし、かつての被害者（理想を抱き続けた人）の予想と今ある現実の政治は、相当にその相貌を変えている。対応した国軍側国会議員の声も予想とはまったく異なっていた。ＮＬＤの大勝利が今や逆差別を生んでいるというものだった。数の専横が行われているという。おそらく事実だろう。一考として、政治家をめざすこの人は、すでに多数派のＮＬＤの承認とか公認とかを得ているのかもしれない。自分の安全を予測して訪ねたようには見えなかったが、分からない。二つ目は、子供の教育のために日本残留を決めた人、この人はＲＫＨ州の人で、ＲＫＨ州はいまだに道路も舗装されておらず、二八年前とインフラ整備がまったく進まず、変わらないという。小学校を訪ねると、ＲＫＨ独立軍に入るのが目標だという子供がいて驚かされる。何よりも私がＭＭ国に来るひと月前にこの州に国軍が入り戦闘があり、ある村が居住地を追われ着の身着のまま山ひとつ越えた地域でトタン屋根の地べたに住まわされているという、その人々の存在とその人々の宙を舞う視線、「なんでメディアに載らないのか」という日本人記者の声。ＭＭ国の人さえ知らない事実がそこにはあった。この州には天然資源がありその収益はすべて国が持って行ってしまうと現地有力者の話。また、ＲＫＨ州はかつて一八世紀には貿易でＭＭ国からは独立して繁栄していたという歴史も紹介されていた。また、ある少数民族の人権活動家の裁判と護送車を囲む地域住民たちの姿もあった。中国とウイグルの関係と同じ構造。

一方で、海外向けの美しい話。一九八八年に亡くなった人々を追悼して湖畔で彼らの分も頑張ると誓う姿はたしかに感動的であったが、こちらにも少しだけ現状の矛盾が現れた箇所があった。本人の帰国記念パーティーに一九八八年事件の同期生の姿が一人もなかったこと。一九八八年事件の同期生の多くは政治家になったという。その一人、某市の首長となった人は「八八年については何も話さない」というスタンスで市長にまでなったと語った。安田講堂陥落後の日本人インテリと似ているかもしれない。思想を封印した者が今、椅子に座っている。そんな彼らにとって亡命帰国者は眩しすぎて迷惑だろう。妥協を強要された残留者たちは、後ろめたいと思いながら亡命者を逃亡者と思うだろう。そして、今のMM国大学生ら若者のほとんどは、本物のノンポリになってしまったのである。70％のBM族と一三〇あまりに分かれる少数民族、このような国家の為政モデルはどこかにあるのだろうか、「人権」がキーワードであることはたしかであるが、NHKも内政干渉の危険を恐れて二つの番組を作ったのかもしれない。

二回目のビザ申請

一回目は何も分からず言われるがままにS氏に伴われてバンコクに向かった。今回は一人で行く。まず、ＭＭ国空港でつかまり、別室へ。今日は一八日、「until」のビザ表示（二〇一六.九.二七）とパスポート表示（二〇一六.九.八）に差があり、一一日分のOVERSTAYとして33ドル要求された。入国管理局で発行した活字よりも入国時空港で手書きされたモノが優先だった。今後要注意。はじめ６６０００ksの要求だったが、校長先生に電話口に出てもらいドル払いとなった。現在$１=１２４０ksで、33ドルは４０００００ksあまりである。支払いの後、机に並べた$１００札や一万円札を見て、一万円札を指し、これは誰かと言う。福沢諭吉だと答えると、罰金以外にこれをくれと言う。断る。罰金はドルで、$札も持っていて正解。

ドンムアン空港からスワンナプーム国際空港に向かう。トランジットならチケットを見せてシャトルに乗れるらしいが、今回は依頼された土産買いもあり、地下鉄に乗る。途中

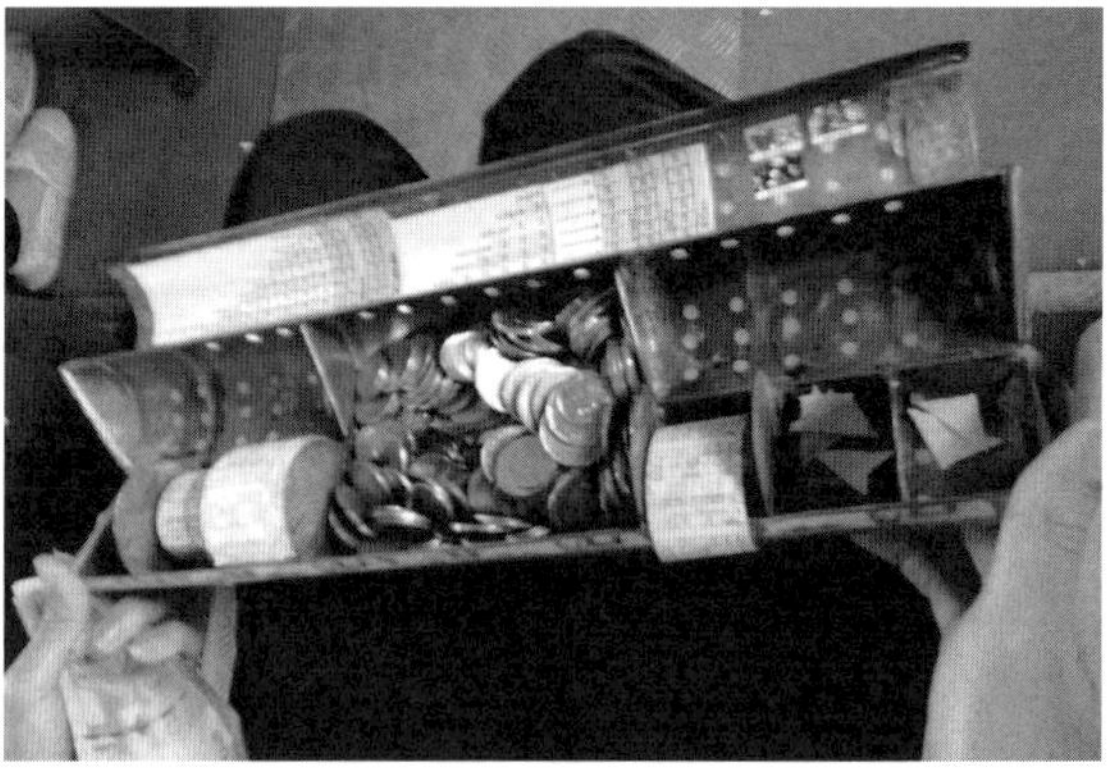
タイのバスの車掌のカバン。ＭＭ国にはコインはない。すべて紙幣だ。

乗り換え、ペチャプリ駅から歩いてマッカサン駅に行ったが、方向が分からない。誰一人歩いていない。炎天。北らしい方向を目指したら到着。人がいない。スワンナプームで日本円をドルに替えるとタイバーツ経由で二回の手数がかかり、一万円＝＄89になる。マーケット街が見つからないまま、頼まれた蟇口型ポーチを探すがこれも見つからず。昼食は持参したパン一個をかじる。一三時の学校見学目指して都心に向かう。

残念、一時間遅刻。三〇分は時差のせいにする。バンコクの日本語学校を見学し、数名の日本人と名刺の交換。タイの学生も人材不足で、野心や向学心のある子供というよりも豊かな家庭の子供が多く、目的意識はそんなに高くはない。学習意欲もそれに従うという。「豊か」ってなんだ。

三時から夕食六時までの時間に「カオサン通り」に向かう。最寄り駅はない。サイアム駅前のタクシーは長蛇の列、次のナショナルスタジアム駅までＢＴＳで移動、時間がない。駅ですぐトゥクトゥクに飛び乗る。4〜5㎞走ったか、少々遠回りをしているのではと思ったが４００ＴＨＢ払う。ちなみに帰りのタクシーは歩いた三〇分を引いたとしても65ＴＨＢ表示で75ＴＨＢ取られた。これらはみな普通のことらしい。「カオサン通り」はバックパッカーの聖地らしく、それらしいヨーロッパ系人がいた。商品はＢ級品土産の山とマッサージ店、明るく店頭での施術がほとんど。暗いところに行ってみたが、格安ホテルにリュックを担いだカップルが入っていった。健全だ。ここでポーチを発見したが、蟇口型ではなく長方形。四個入二袋で360THBと言う。「ディスカウント」と言うと電卓を渡される。言い値で売るという。断ったがついてくるので店頭にあった二袋を300THBで買う。のちほど蟇口型三個入り三袋を見つけ、400THBを200THBに値切って買った。まず、半分に値切るべきかもしれない。

六時集合に五分遅れる。日本語講師Y氏とA氏、I女史としばし歓談。自由な日本語が行き交う。楽しい。料理も貝殻でしか見たことのない赤貝の小粒なものや、揚げた白身魚など場末ならではのダイナミックな美味しさで、特筆は何気なく出されていた硬めのライス、これが鶏肉で炊き込んだしみる甘さのご飯だった。大学でも教えているというY氏の話。タイ人と結婚して息子二人を育てる。それをしろと言う。妻にはどう言うのかと聞くと、研究のため必要なことだと説得せよ、と言う。理解されないと答えると内密にやれ、と言う。少し考えたが自分には難しそうだ。

二日目、朝九時受付に二〇番で登録しようとしたら、パスポートがない。ホテルに忘れた。受付に聞くと、とにかく受付をして待てと言う。自転車で世界一周をする日本の若者と同席になる。ＭＭ国で注意すべきことを聞かれ「事故と病気」と言う。両方治すのが難しい。そして、待つこと三〇～四〇分、呼ばれて行くとアウト、パスポートを併せて出さないと無効。そりゃそうだ。時間は一〇時、受付締切は一二時、ホテルにとって返す。ホテルのフロントにない。部屋にもない。担いでいたリュックの中を探すと底の底に沈んであった。思えば昨夜、ホテルに置いていく着替えや土産と、持って行く書類束とに分けて確認したのだから間違えはなかったのだ。急いで移民局へ。駅から走って一二時〇五分到着。ドアを強めに叩く。開けてくれた。係官は覚えていたようだった。発行は一五時。

この間にワットアルンをめざす。駅は隣、しかしその先が船である。最初の船着き場入り口には１００ＴＨＢの表示、自分で作ったパンフレットの15ＴＨＢを指さすと、隣に行けと手で示す。ここには１５０ＴＨＢ・２００ＴＨＢの表示、パンフレットを示すとちょっと横に導かれ、現地の人らしい一団の後ろに並ぶ。観光客はいない。でもこれが正解。地元人と乗船、船内で車掌が14ＴＨＢの検札、バスと一緒の方式だった。それにしても一〇倍以上の違いって何だろう。自分で作ったパンフレットの威力に感嘆する。船着き場を四つほど過ぎたところで隣の学生らしき人に、またもや自作パンフレットを見せながら「I want to go to here」とワットアルン指さして言うと、「ここで降りろ」という。ちょうど乗り換え船の船着き場に来ていた。ここから「少し歩く」とネットの情報。しかし少しとは三〇分以上のことだった。途中で聞くこと三回、大きな寺院に沿った直進路の突き当りまで行かねばならない。今度の船は3ＴＨＢ先払い。小さいコイン以外はダメだ。ここでも小銭のない外国人観光客は閉め出される。ゲートでおばちゃんに払い、対岸に渡る。白いパゴダ、タイでは「ワット」。印象がまるで違う。下から見上げると細かいタイルが無限に埋め込まれたまま空の彼方へ突き立っている。壮観。中心部工事中は残念だったが、無限の人の連なりが天の神に続いているんだよ、というヒンドゥかイスラムの信仰観を感じる。少々怖い象人間の神様より分かりやすい。何とこの寺院の船着き場で蟇口型ポーチ発見、半値に値切ったら少し不満そうに売った。また、船でスラサク駅の immigration をめざす。船は思ったより暑いが風が快適である。観光客の乗った船が行き交っているが、こちらの船より一回り小さく、トラックのディーゼルエンジンにスクリューをつけて自在に操っている。繁茂する水草を上手に避けている。帰路は間違えず immigration 到着。無事発給。日付確認。

プロンポンのマーケットにみんなの土産探しに向かう。星形とハート型のケースに入ったチョコを買う。象の形のチョコを頼まれたがそんなモノは見つからず。1個37ＴＨＢ×

10個入りを購入。夕食はそのショッピングモールの上階の日本食コーナーにうどん屋を発見し入る。鰹だしの本当においしいうどんだった。２８０ＴＨＢ。どうもタイのほうが物価が安いと感じる。おおまかにks×０．３３倍がＴＨＢで、そのまた×３．０倍が円ということだが。うどんは２８０ＴＨＢ＝８４００ks＝６７０円ぐらいの感じになるが、ksが高い。または給与が低い。

昨日今日と歩きっぱなし出ずっぱり。途中電解質液のパウダーを買った水に混ぜて飲んでいなかったら熱中症だった。少々頭痛。シャワーが熱く心地よい。日立製の電気温水器をカメラにおさめる。ＭＭ国にはない。とにかく休む。

三日目、最後の失敗を犯す。ドンムアン空港一〇時二〇分departure、九時〇〇分には着いていたつもりだった。腕時計の時差三〇分を忘れていた。タイはＭＭ国より標準時が三〇分早い。この時点で一時間前到着ができていなかった。五五分前だったか。掲示でgate1を確認。gate1で待つこと一五分くらいか、gate1が全然進まないので違うのではと直感し、聞くとgate6が正しい場所で、チケット上のgate1表示は搭乗口だった。荷物のgate6に行くとすでにアウトだった。すぐに該当航空会社のカウンターでキャンセルか乗り換えができないか聞くが、どちらも断られる。しばらく途方に暮れていると、先ほど受付をした、仕事が終わりらしきカウンター嬢が、通路で教えてくれた。次の迎光行きはAIR ASIAで一六時〇〇分。発行は荷物gate1近くのAAカウンター、並ぶのは今度こそgate1だと。そうするしかないだろう。スワンナプームも考えられるが、やめた。そうこうしている間、校長とのコンタクトを何十回も試みたが失敗。skypeのチャットは届いていると思われるが見ていないようだ。MM国内と日本からの通話はできるがタイからは未経験。いろいろ試してやっとつながり、迎えの車の時間変更を伝えたが、すでに出ていて結局二度手間になった。「運転手さんすみません。チョコひとケースで許して下さい」と。この際、ドンムアンを歩く。最奥のarrival側上階に行ってみたがすべて食べ物屋。食べ物屋はいろいろあって迷うほどだが、土産品は見えない。行き先がアジア近郊だからか。すぐ戻り、今度は乗り損なうわけにはいかない。早めに搭乗口まで行っておく。「迎光」とあるのはヤンゴンの中国表記。

搭乗口ゲートは今度は六番だった。搭乗口直近のファーストフード店で拉麺を食べる。155THB。やはり安い。搭乗チケットはなく、レシートでそのまま搭乗。これで乗れなかったらと不安になる。こういうちょっとした不安が続くのが疲労に効いてくるのだ。

まったく、最初のover stayに始まり最後飛行機に乗り損なうまで、思うようにはいかないもんだね。帰りの機内でドイツから来た二人の女性と少しだけ話せたのがよかった。I know only one Germany words「Ich lieve dich. Abour due liepst mich niht」は笑ってもらえた。

それにしてもビザの延長のために隣国まで行くというのは、MM国のどのような国情がそうさせているのか知りたいところだ。

「再来緬」

日本から二回目のMM国入国後、四日目に下痢発熱。二回目の闘病記。医療機関にもかかり、妻も心配して突然に来緬し三回目の闘病。ついに急遽帰国して入院に至る。その記録とそれに関わるメール二件。

二度目の入国をサライメン（再来緬）という。入国でトラブル。バンコクで二回目のビザ延長をしたが、その「until」は「18DEC」つまり一二月で、再入国の今日は一〇月二六日一八時、しかしDEAD。なんと本国日本に帰国するとビザは失効するという。また改めて労働ビザ申請がこの場で必要とのこと。現地雇い主の校長さえ知らないこの法律、私の他にも二～三人同じ手続きを空港で指示されていた。申請用紙もインスタントカメラもそばにある。校長の知り合いの男性空港職員がすべてを準備し、私が書く。インスタント写真は、顔をレンズに近づけすぎて真っ黒なシルエット映像になった。しかし、書類は通った。変だがこれでよいのだ。そういえば校長の妹もここ空港の職員だった。すぐに済んでよかったが。しかし、一時間半が経過していた。そして、翌日これとは別に正式に書類を再度提出したらしい。

四日目、木金土曜の腹痛のない軟便状態からいよいよ腹痛が始まった。全腸内細菌がジャパン製からＭＭ国仕様に変容するのだ。グルグル感も熱感もある。しかし、前回の一回目とは雲泥の差。経験知がこれほど恐怖感を遠のかせるのか、というくらい違う。あの時の「まるで死ぬ思い」は何だったの、っていうくらい違う。しかし痛みは厳然として痛い。何でも来い。平気だ。鎮痛剤は数種類ある。笑っていこう。ひょっこりひょうたん島。

前回と同じと思っていたが、よく考えてみる。痛みには二種類あり、①横行結腸と下降結腸のつなぎ目、左腹上部あたりにはいつもの排便痛。日本でも年に何回か、家族全員同じものを食べているのに私だけがなった。授業中チョーク（マーカー）をぶん投げて「ごめん、トイレ」と生徒に言って廊下を走っていた。この箇所は腸内径が小さくなっていて腸閉塞の原因になると医者に言われたこともある。②もう一つは直腸のガスだまりの場所。これはとてつもなく痛い。皮膚が力で引き裂かれるような拡張痛である。これが出ると、はしなくも涙は出てしまうし、その場にしゃがみ込んで悶絶している。迷わず坐薬をすぐ挿入。きちんと人差し指第一関節まで入れて脱落させない。坐剤挿入の技はほとんど名人級である。三〇分後に効いてくる。もう大丈夫。この直腸近くの痛みはかつて経験したかしらん、よく分からない。後日、日本で、これは直腸憩室炎と診断される。痛みのため夕、朝、昼食の三食を抜いて家で寝ていると、事務員のM君がフランスパンとコーヒーを買って持ってきた。庁務のおじいちゃんが水20ℓを担いで持ってきた。幸せを感じる瞬間である。たとえ雇い主の命じたことだとしてもだ。パンに蜂蜜を塗って二切れ食べる。腹痛は残っているが、口がおいしいと言っている。

今服用している薬、某坐剤・含水腸剤・整腸剤・乳酸整腸薬・腸疝痛剤・潰瘍改善薬・抗生剤。昨日はこれに鎮痛剤さえ飲んだ。

二回目の闘病メモ

一回目は下痢と腰痛。今回は下痢と発熱。食事内容の記録
10月26日（水）18：00ハノイ経由で到着。夕：レストラン製チャーハン（半分を夜8：00頃食す。）
27日（木）朝：カステラ二切、紅茶　昼：学校食　夕：日本食店「武士道」（アジフライカルパッチョ、ゴーヤチャンプル、おにぎり、味噌汁、グレープフルーツ）
28日（金）朝：カステラ一切、紅茶　昼：学校食　夕：不明（外食はしていない。）
29日（土）朝：パン1個、紅茶、チーズ、ジャム、リンゴ、グレープフルーツなど少量
昼：学校食　夕：学校でもらったビーフン半分食す。
30日（日）朝：食べず　昼：スパゲッティ醤油味で夕方突発下痢。
31日（月）全食欠食　14：00点滴。発熱39℃　便通なし。
続いて
11月1日（火）朝：フランスパン二切、紅茶　　夜：全身の震え、奥歯の打叩音、便通なし。坐剤服用。意識やや不明瞭で、強い不安にかられる。

2日（水）朝：フランスパン二切、紅茶、のち何も食せず。昨夜より良好、便通なし。坐剤。

3日（木）朝：パックライス半分粥に　昼：シャン米、鶏肉少々　夕：パックライス半粥。17：30点滴、便通なし。坐剤。

4日（金）朝：インスタントラーメン　昼：シャン米、鶏肉少々　夕：昼残そのまま再加熱。

昼に左下歯のかぶせ取れる。この夜、初めて通常便。

5日（土）朝：パンなど通常の朝食　昼：シャン米、煮鶏肉、炒青梗菜　夕：シャン米にレトルト牛丼。

ほぼ通常に戻る。

入国三日間は何事も起こらず、油断をした。引き金はビーフンだろう。どこで作られたものか、パッカーではなくビニール袋に直接入れられたものだった。何かの祝い事の景品として配られたものか。よくある行事景品の形である。パッカーであれば調理したばかりで、多くはその場で食す。ビニール袋入りは道端販売かもしれない。五日目の夜はすでに下痢が始まっていたが、これのみの回復で済むことであったならば、二〜三日で終わったことだったろう。しかし、四日目学校を休み、昼二時に点滴をした時点で体温が39℃あった。どうりで節々が痛むわけだ。その夜から若干の悪寒はあった。翌八日目夜、寒気と同時に胴震いが起こった。危険な感じがしたので、長袖シャツを着て、靴下を履き、ペットボトル湯たんぽを作って備えた。

まず、脳みそにくしゃみ直前のような、どこか痺れるようなスッと抜けるような一瞬があり、寒気の悪感が全身の肌を這い回る。総毛立つ。続いて、胴震いと同時に奥歯がカチカチ音を立てる。どうにも止めようがない。一〇回くらいくり返しただろうか、さすがに恐怖が差し込んだ。少し収まり気味の時に思った、意識が飛んだら、痙攣が起こっているかもしれず、その時はすぐ救急車を要請しよう。しかし、湯たんぽをそけい部や脇に抱えると少々楽になることも分かった。シャツを四回替えた。汗に二種類あって、体温を下げようとする、どちらかというと気持ちのよい方の汗と、心臓が不調だと出る不快な汗、その両方が交互に出続けた。経口補水液も飲みすぎて気持ちが悪くなった。腹痛も遠慮なく襲ってきた。こちらも二種類に分けられる。左腹上部の痛みは排便痛のきついもので我慢ができた。しかし、直腸きわの膨張痛は畳針で突き刺されるような激痛で、坐薬を三日三晩使った。また、ガチガチの震えが収まり気味の時、突発的な吐き気に襲われた。ムカムカしてから吐くのとは違い、焼酎を一気飲みした直後みたいに、何らの酔い加減も予告もないまま、突然レロレロとアタリメなどが口から飛び出す嘔吐である。今回は吐くものもなく、唾液と胃液と少しの胆汁だけで、ないものを吐こうとする酔っぱらいのようだった。結構これも苦しいよ。やがて夜が白々と明けてくる。生きていると、ふと思っている自分がいる。一日が始まる。昼は普通の苦痛に耐えればよい。

医療機関について

診療所は狭かった。診療室三畳、待合と点滴室六畳、外の椅子待ち六畳、およそこれくらい。助手は若い男の子二人。順番の管理と薬の袋詰め、電話番などをしている。針を入れるのも抜くのも医者がやる。針を入れるとき消毒はしない。止血バンドは使わず血管を見てトンボ針を手の甲に刺す。一本目の350㎖には栄養剤が入っていただろう。空腹感は浅いが、絶食状態に入っていたから。二日空けて二本目350㎖は違う液体だった。手の甲は後日両方少しだけ皮下出血した。滴下速度は日本の二倍速いが、一時間かかっているのでちょうどよい。医者の対応は非常に慎重で温厚な印象である。校長がずっと付き添ったお陰だろう。費用は校長が支払ったが、おそらく外国人旅行保険よりずっと安く、経済的に違いない。最初にもらった三種類の薬は八時間ごとに三日間、症状改善のいかんに関わらず飲み続けるとのことで、抗生剤かインフルエンザ特効薬のようなものだろう。四日後からの薬は二種類とシロップ。解熱剤と整腸剤、シロップの原材料は穀物らしい。こちらも整腸剤か。町医者の人柄は日本と変わらないかもしれないが、診断は、私にはすでに切除された虫垂炎だった。手術歴は言ったのだが。それと気になったのは輸液セットのパイプ類が未開封品ではなく、その辺の段ボールの箱から出てきたこと。

三回目の闘病記

その後、小康状態が一九日間あり。再発。折しも妻がサプライズでMM国入りした二日後のことであった。発熱と苦悶の様子を見て、妻が帰国治療を強く主張した。

11月25日（金）急遽帰国。22：10ヤンゴン発

26日（土）仙台空港人間検疫所より病院MTへ直行入院。完全断食点滴治療

29日（火）胃カメラ・エコー検査

30日（水）浣腸500cc二回・大腸ファイバー、痛み強く直腸検視のみで撤退
12月2日（金）おもゆ食開始、順次三日間三分粥、四日目五分粥、五日目七分粥、六日目全粥
3日（土）血液・CT・レントゲン検査
4日（日）この日の夜より点滴終了し、腕解放される。
7日（水）退院
13日（火）夜間下痢するも、以後なし。
14日（水）仙台検疫センターでA型・B型肝炎の予防接種を受ける。狂犬病とマラリヤはヤンゴンでは罹患率が低いので医師との話の結果、やめた。
21日（水）退院後の問診。異常なく、一月四日（二週間後）以降の渡航許可出る。
1月25日（水）MM国入国。二二日の養成講座の同窓会に出て、大学の都合により一月六日を待って、MM国入りに手続きに入り、この日になる。

日本の病院にて

「直腸憩室炎」病名によってひとまず落ち着く心。仙台空港から、かつて腸ポリープを切除した病院に電話すると、空港検疫官に相談し、そこから派遣先を決めてもらうようにとのこと。検疫官曰く「発熱・嘔吐なく緊急性を認めない。自分で病院に連絡をつけ行くように」再び病院にその旨伝えると医師は私の到着を待機すると。着いて、X線・CT・血液検査でそのまま入院。日本のシャバに戻ったと思ったらまた違う隔離施設が待っていた。あのままMM国にいたら、さらに悪化して帰ったか、最悪バンコク入院だったか。勘で迎えに来た妻のサプライズ精神に脱帽・感謝である。ただし、妻も直行帰国便の機内で血圧のせいか、不定愁訴状態に陥り、「ミイラ取りが…」の事態に。夫婦は迷惑を掛け合って生きている。間違った、お互い助け合って生きている。

入院して病室で、NHKで某歌手が、私が現在住んでいる町、I市を訪ねるという番組を見た。最後に、五年前の被災時の話で、白い紙も布もなくやむなく、パンツにサインした。はじめ、笑いが起こり、続いて、それまであまり笑っていなかった自分たちに皆で気づき、皆で泣いたという。ここで私の涙腺が崩壊。震災がフラッシュバックする。滂沱のごとものの流れて止まず。「なぜ自分は生かされたのか」に続いて、自分を取り巻くすべての物・こと・人に感謝する気持ちで心がいっぱいになる。祈りに近い感覚。心の底の喜び。造物主から光を与えられているみたいな。

実はこの感覚はMM国タウンジーでも経験していた。タウンジーで百余名のMM国人を集めて学校説明会が催された。その学校説明会の余興としてのシャン人の民謡を聴いているうちに突然この感覚に襲われている。その民謡は労働歌のような悲しい感じのものではなく、逆に収穫の喜びを動作表現した舞踊でもあったが、その日本の盆踊りにも似た音階の繰り返しを聞いているうちに、「収穫感謝の思い」が「自然の中で生かされている人間」ということを思わせた。変に、私のように生かされる理由を探し、思い迷うのではなく、そのまま感謝として受け入れる明るさ・素直さに心動かされたのかもしれない。涙は一筋しか流さなかった。周囲がいぶかしむことを恐れ

タウンジーでの民謡と舞踊。収穫に感謝する踊りのようであった。

た。変な日本人が泣いている。だからかえって感情を抑えた分、気持ちの深いところに感動が堆積した。あの歌と踊りをどこかで音源と映像で手に入れたいものだ。

入院中、禁をひとつ犯した。指定されていない薬を飲んで医者に言わなかった。昼一二時から頭痛になった。三時間我慢した。四時間まで自然解消を待った。治らない。五時にナースコール。来たが近づいてこない。「どうしました」と遠くから聞く。「頭が痛い。一二時頃から」「今、先生が帰ったところなんです」その後、沈黙。くるりと向きを変えて行ってしまった。そのまま一時間が経過。やむを得ず所持していた鎮痛剤を一錠、勝手に服用した。お陰で頭痛は治まった。明日九時から胃カメラ、鎮痛の錠剤が胃に残っていることはなかろう。再度、頭痛が起こったら、次回は相談した方がいいだろう。私の脳には動脈瘤もあった。

数学者藤原正彦の話、A＝B＝C＝D、よってA＝D、この推論はBCDがいかに精緻であろうともAがαの場合、根底から覆る。私の教師という仕事も妻の看護師という仕事もA＝Dを信じて専門性に磨きをかけてきた。しかし、今回頭痛を鎮痛剤で治めた行為が脳出血の予兆の目隠しになったとしたら、私の自己診断（A＝D）は間違っていたことになる。また、私ではなく、医者が鎮痛剤を許容したとして誤診したら・・・。「人は仕事をいかにすべきか」多少滑稽であろうとも、現場は道を信じ最善を尽くすだけだ。逆に、歴史による証明が今すぐには不可能だからこそ、純粋に愚直になれるのかもしれない。戦前の日本人の暴走も、戦後の変節も恐ろしいが、インテリの無作為も罪深いものである。

闘病のための帰国となったことは残念であるが、治癒見込みが早いことが幸いである。再びMM国に向かい仕事に尽力する日はそう遠くはない。

入院し、六日間絶食。口から入ったのは番茶と水と麦茶と経口補水液、体重5．5kg減。最初の食物はおもゆ・味噌汁・半熟卵。最初におもゆを口に入れた感想は無味。味噌汁は、具なしで味噌のお湯割りにして極甘い。卵白は無味、黄身は黄身の味。だし醤油をかけるやいなや、舌が麻痺するような濃厚なうま味になる。脳がアミノ酸を検出した瞬間だ。この醤油の味は山で緊急時に舐めた非常用栄養素粉末の味に似ていた。あの時は雨の中、無理に長行し小屋寸前で補給した。あれは朝日岳での苦い思い出だった。次の食物はおもゆ・シチュー・ムース・野菜ジュース。おもゆは片栗粉を溶いたもののように思われた。シチューも極うま。ムースには人参のおろしが入っていた。

結論「食の喜びはそのまま受け止めよ。しかし、貪ることなかれ」

校長宛メール　12・03

入院して六日が経過し、今日は七日目。点滴治療は続きますが、今日からおもゆの食事が始まります。徐々に普通食に持っていくようです。体重は5.5kg減りました。ずっとベッドで点滴をして縛られていて脚が細くなりました。経過しだいで退院のめどが立つと思います。ただ、退院後、少し自宅で体力の回復をさせたいと思いますので、いましばらくお待ちください。とりあえず、九日（金）のミャンマー入りは無理があると思いますので、航空Eチケットの変更についてよろしくお願いします。医師と相談したのち、またご連絡します。

その2

担当看護師と相談しました。退院後一か月は自宅で療養し、その間に何回か通院を求められるとのことでした。再発の可能性もある病気なので、急いで渡航しないほうがいいのではないか、とのことでした。

そうしますと、12月25日（日）からのI先生のバンコク行きについていくことができません。申しわけありませんが、どなたかにお願いしていただきたいと思います。

I先生宛メール

すぐに戻ることができず申しわけありません。もし、日本で調達する物資がありましたらお教えください。梱包してお送りします。退院して元気になったら教材を探しに仙台に出て行きたいと思っています。ちなみにパソコンで「ひらがなカード」で検索するとfree copyのサイトがありました。そちらのカードはモノクロで、三枚なくなった文字がありますす。もし可能ならダウンロードしてみては。

バンコクY先生宛メール　12.03

ご無沙汰しています。私は現在、仙台で入院治療中です。強い腹痛に襲われ、急遽帰国し空港から直接病院へ、そのまま入院しました。病名は直腸憩室炎。腸に膨張箇所が生じ、そこに菌が繁殖して炎症を起こす病気です。昔は虫垂炎と区別できなかった病気だそうです。それで、全治一か月は堅い、と言われました。一二月末に予定していたバンコク行きがダメになったのでお知らせしました。また、ヤンゴンに戻りましたらご連絡します。病院のベッドからお送りしました。A先生とI子さんによろしくお伝えください。

再びMM国に戻る顛末

病から一一月帰国を余儀なくされたが、一月二五日（水）ヤンゴン入り。現地時間午後四時半、いつもの校長専属運転手とその妻、そして事務員のM君が出迎えに来ていた。校長はちょうど入れ違いで日本へ。総長の母親を介護する人材を連れて向かう日だった。空港では電話のみの挨拶で、校長とは顔を合わせずじまいであった。

初日、日本の食糧はおにぎり二個が手もとにあったが、地元の調理済み麺類を運転手氏の妻からアパートへの帰途買ってもらい、食す。さすがに分かっていて、香辛料（辛さ）ゼロ。油も酸化して唇がスースーするものではなかった。一応、念のためにクレオソート丸糖衣四錠服用。転居して新しいアパートであり、停電中でもあり、蛇口からの水を浴びてすぐ寝た。

いよいよ言語孤独の日々がまた始まる。部屋はほぼ漆黒の闇、窓からのわずかな明かりとトイレの照明から漏れる光の中眠りに落ちる。二日目、目覚めると六時、まだ暗い。明るくなったのは七時、散歩に出る。帰って床掃除、家財道具を取り出す前に床を綺麗にしたい。雑巾は真っ黒になった。昨日、食べ損なったおにぎり二つ、テーブルに出したまま忘れて学校へ。結局、朝食は抜き。昼食は学校で鶏肉ちょい辛、野菜一品ちょい辛、ご飯、お吸い物（黒胡椒）これは辛辛。昼に一度帰宅、片付けをする。その時おにぎり一個食べる。固かった。夕食は残りのおにぎり一個を柔らかく煮て、そのまま即席麺を作る。失敗作、べたべたのまずいラーメンもどきおじやを無理やり食べてクレオソート丸糖衣三錠飲む。次回は粥とラーメンは別々に作ろう。三日目、朝食パン、ヨーグルト、オレンジ、紅茶（アールグレイ絶品）。昼食は学校の、昨日と同じで肉が魚になったもの。夕食は学校のご飯をもらい、チャーハンの素を混ぜ、豆腐がおかず。明日は四日目、腸の正念場、油断せず様子をよく見よう。今日までは正常便。

「身を噛むような孤独」とある作家は言ったが、異国の地で人との絆といえば、まず自分の家族、そして友人さらに教え子との記憶があって、今、現地の人との交流。これらはみな、私個人の自覚以上に、非常に強い絆というものであって、そのことは東日本大震災の時に、身をもって経験した。それらに支えられていながらも、なお今、一人で孤独に生きていくしかないということの実感。相反する二つのものが一人の人間の中に両方しっかり根を下ろして存在している。誰にも知られずに、密かにあの世に行ってしまうことが実は「死」の実相であるという恐怖。この世の強い絆とその終焉がなんの相関性も、関係性の1㎜すらもなく両方併存し実在している現実。これをたやすく飲み込んで理解することは人間には許されていない。昔「実は、寂しいから結婚しちゃった」と妻が結婚前の娘に語っていたことがあった。一種真理である。孤独は耐えがたい。しかし、最後の三途の川はみんな一人で渡る。みんなで渡れたら怖くないのに。一人でMM語をポータブルオーディオプレイヤーで聴きながら町を歩いてこんなことを考えていた。

宗教にすがる

その昔、新興宗教のある会に夕刻出た時のことを思い出しながら参加していた。

早朝六時半、会場到着。開始九時ちょうど、信者約六〇名あまりが座るなか、導師の祈りが始まった。入国後、いろいろ健康上のことがあって、校長から心配された結果、この集会に参加。新券100ks100枚を雇い主は準備し、これは本人負担でないといけない、とのこと。

件の導師は、日本での私の雇い主である総長の病気と脚の喪失を予言したというのである。中央にキラキラ電飾をまとうご本尊。その両側にレプリカ技術の粋を集めた導師の祖父とそのまた父らしい人の像。右の祖父神は、瞑想しながら即身成仏し、着物だけがパゴダの床に残っていたという伝説を持つ。彼はＭＭ国内最大規模のパゴダの中にも祀られているＢＭＧという人物である。私は昇天伝説の正体は野犬ではないかと不敬にも考えたが、左の曾祖父像は、左の膝の上に垂らした掌の指に煙草の煙がたゆたう。ボックスの煙草がたくさん供えられていて、校長先生も火をつけて像の指に挟んでいた。ここだけは不思議に世俗的だ。信仰と実社会との距離が近い。導師の声に合誦する部分もあり、シャーンという銅鑼の音に合わせて熊よけの鐘を持った最前列の人々が鐘を振る。カランコロン。やがて一人の女性が立ち上がり舞い始める。始めのうちは前を向いていたが、導師が手を挙げて許容か歓迎

美人群像。これらの人たちも実在のモデルがいて、宗教的な予言を行ったり、奇跡を起こした人たちだろう。

の合図を出すと回転し始める。やがて、トランス状態になった。導師の付き人が近寄ってフォローにまわる。彼女は倒れ、周りが協力してそこに横たえる。予定調和。

教師になった年、ある非行少女の親に、ぜひどうしても、と誘われ一度だけ新興宗教の会に、夕方行った時のことを思い出していた。倒れた人はなかったが、その時の空気と似ていた。みんな必死というのではなく、普通に集まっていたが、話が奇跡事象になると私には違和感がつきまとった。

続いて、抽選会と商品渡し。商品は二種類、洗剤か薬のどちらか。皆どちらだろうかと大騒ぎ。次にコインチョコレートと折りたたんだ紙幣をザルから導師が投げる。落成式のように皆群がる。そして、ローソクの配布、点灯の日と時間のメモが付いている。その間に導師に呼ばれる人がいる。何か叱られながら緑色の小さな袋をもらう若い男。さらに正面に供えられている供物の一つひとつを導師が指定し、指名した人に渡しながら導師は瞑目して何かを語る。私の番が来た。なんと私には果物の梨ひとつが与えられ、「この人の病気は大丈夫」と言われたらしい。恐懼して受け取る。これは誰にも分け与えず自分ひとりで食せとの託宣である。

実は、言葉のわからない私は、長い読経の間、この意義不明の時間を有効に活かそうと、自分なりに、私の二人の祖母と、会ったことのない二人の祖父、伯父伯母のことを順番に、合掌瞑目しながら考え続けた。するとやがて、他界した人たちが目の前のその向こう側あたりに立っているように思われ、情動的にではなく「そのうち私もそちらに参ります」と、私は、口には出さず言っていた。それから、自分の子供たちのことに思いは飛び、あの東日本大震災の時に感じた「誰も被害者が出なかった我が家」や「生き延びたのはなぜ」とかいう思いにとらわれ、表情を変えず落涙した。導師と信者たちに対して申し訳ないと思った。私の涙はここのせいじゃない。もう少しして、トイレへの退出を校長に聞くと、もう少し我慢するようにと言われた。膀胱はビール瓶ほどに腫れ、腎臓と尿管の痛みに耐えるため、そけい部を爪でつねるが効かない。つねる。痛い。痛いがつねる。あとで見ると痣となっていた。だから泣いたのかもしれない。

終わった後、医師が二名おり紹介された。いつか宗教と科学の関わり合いをこの二人の医師に聞いてみたいと思った。校長はいつも言っている。「本気で祈れば、十の悪いことが起きるとすれば九か八に必ず減り、良いこと一つが二つ三つに増えるようになる」校長は実にお嬢さんだが、そんな校長を少しリスペクトしている。この地で少しでも良いことが起こりますように。

最大輸出品目　―米穀―

米は細長い、いわゆるタイ米であるが、なかでもシャン米といってシャン地方の米が日本の米に近い。店にはさまざまな米が並んでおりカロリーが違うらしい。学校の昼ご飯は校長先生が朝早く下準備をした半調理品を最終調理してもらい、いただく。米はシャン米を電気炊飯器で炊いている。この米をパックにもらって夕食のひと椀になる。日本の飯は一〇分も茹で続ければ糊状になるが、こちらのものはならない。五分粥を作るには飯を茹でながらスプーンで潰す。もし、チャーハンならシャン米はぴったりだ。工夫なしでぱらぱらチャーハンの一丁あがり。

八月になって、軒下の所々にチマキのようなものが下がっている。稲束を少しずつまとめて吊しているのである。それを雀がついばみに来る。これは雀の餌専用なのだ。これも売り歩く人がいる。値段は不明。寄付かもしれない。小動物を擁護する優しさがある。それと稲の実が簡単には落ちない苗種であることがうかがえる。

日本の東北地方に行って分かったことは、米が違うということだ。関東の標準米と同じレベルの米はなく、すべての米がそれ以上なのである。ついでに寿司・刺身も石巻だと、どの店に入っても関東のどの店（庶民の知らない料亭は除き）よりうまいのだ。その米のうまさはそのまま塩・醤油をかけただけでも食べられる米の味である。粒だちがあり、つやつやしていて甘い。これこそが米だと石巻に来た時に思った。しかしこちらのシャン米も噛んでいると奥から甘みがにじんでくる。ビスケットで例えるとプレーンビスケット。カンパンだっておいしい。素朴な甘さ。最近の日本では、プレーンビスケットは保存食化してしまって子供たちは見向きもしない。

ところで、菓子のバッタ品をご存じだろうか、「日本のビスケットやえび煎餅の類似品」が売られている。ビスケットは菓子の表面の光沢がなく「商標」の文字もはっきりしないが、味はほぼ同じ。煎餅も「ＯＩＳＨＩ」と書かれていて袋の形状も中身の形も塩味もそっくり。業務提携をきちんとしているのなら間違った疑惑だが、このように微妙に違うモノを提携で作るだろうか、分からない。中国の仕業と考えるのが妥当だろう。登録商標法の国際版もないからしかたがないか。「「マリービスケット」という商標はもともとイギリス人が持ち込んだお菓子だよ」とタイの大学の先生は言っていた。商標法よりも食品添加物が何だか分からない方が心配すべきことなのかもしれない。

ＡＴＭと辞典

おばあちゃんが危篤になった時、直行便をカードで取ることができた。ところが、ＭＭ国内でその米国提携カードは使用不能なのだ。今は違うかもしれないが、アメリカとＭＭ国の関係は良くはない。それ以来、そのカードは封印。日本に帰ったとき、改めてカードを作った。今日初めて、新しいカードでＭＭ国のキャッシュディスペンサーからＭＭ国紙幣を引き出した。言語案内に日本語を指定したが、表示は何となく中国語翻訳めいた助詞のない日本語で、音声案内は完全に英語だった。一回目は「引き出し」のボタンが分からず、押したらカードが戻って出てきてしまった。次は暗証番号を自分で間違えてもう一回やり直して、ついに一万ks紙幣ピン札を得ることができた。とても感動的だった。後日自宅で手数料を確認してもらおう。昔、グアムのＡＴＭで＄２００ドルを受け取り損ない、それを解決するのに電話代が五千円以上飛んだことを思い出した。そして，偶然書店の古本市に遭遇し、見たことのない日本語ＭＭ語辞典二冊を偶然見つけ、交渉の結果６０００＋１２００ksを６８００ksに負けてもらって，先ほどの偶然の一万ks札で購入ができた。

とても欲しかったもので、MM国の書店でも日本でも見つからないとあきらめていたので、とても喜んだ。書籍を見つけて鳥肌が立ったのはたしか初めての経験だろう。少しでもMM語で話したり書いたりしたいのだ。聞き取りも文字もまだほとんど0点である。一種唖者の心で町を行き交いしている自分にうんざりもしている。喜びすぎていたのか、どうしたことか、後日、このカードの紛失に気づく。直通電話をして、機能を止めることとなる。

昼食

朝食は自分で調達する。通常、朝食はパンとオレンジなど柑橘類、ジャム、紅茶、チーズ、目玉焼きなどが定番で、紅茶を除けばMM国産品であるが、不安はほとんどない。この学校では、昼食は校内で摂る。それは一般的だが、昼食は校長がみずから朝、半調理したものを学校に持ち込み、日本人向けに提供している。香辛料をほとんど使わずに、味噌も醤油もこちらでは高価でもあり、使わず、それなのにおいしい。ところが、校長が出張などで不在になるとたちまちこちらの露天の加工食品と激辛のスープになる。米は日本人向けにシャン米で、こちらではやや高級品。おかずの摂取を最小限に米を食するが、この毎日が憩室炎に繋がったに違いない。しかし、摂取量を減らす以外に対策がない。現地環境を知った妻は医者の指示があるのだから、味噌汁パックを持参して出してもらうようになどと言うが、留守番の庁務のおじいちゃんが気を悪くしないように話を持っていく自信がない。よって、摂取量制限となる。

露天調理品は口にしない、と言いながら自然に入ってしまっているのだが、その衛生状態はきわめて悪い。麺類は茹でたまま山積みで、レースのカーテンがあれば良い方で、ハエなどがたかり放題。時に石を吊して振り子を作りハエ除けをしているが、効果のほどはいかがなものか。地面には犬の糞をはじめとして噛みたばこを吐きだした真っ赤な唾や鼠の死骸が転がっている。そのそばで、小さい地元原産のタマネギを朝からひたすら小刀でスライスする女性、しゃがんだ横の大きなボウルに積まれたスライス片は加熱されることなく食品添加物としてモヒンガーなどに乗せられていく。

小麦粉を油で処理したものも数多く見られる。熱源は炭も多いが、材木もあり、時に黒煙を発生させて周囲から迷惑がられているのも見たことがある。炭が真っ赤に燃える釜の内側の側面に小麦を練った丸い素材を器用に投げて貼り付け、焼け落ちるタイミングを測って取り出している。これはこれで名人芸である。炭片も意外に混ざらないようだ。全体を油で揚げた棒状のものやナンのようなものやクレープ状のものもよく見る。沸き立つ大きい油の鍋から二つの長い棒で器用に30㎝あまりある揚げパンを取り出す少年がいた。熟練している。そのすぐ横にクローム色の小川が異臭を放って流れているが、これが日常である。

善悪の彼岸

午前三時半、友人の自死を思い出し、目を覚ます。三〇年前のことだ。彼は結婚直前、自分の妻が他者の子を孕んでいることを知り、妻を東京で殺害したあと、彼女のふるさとの広島の山林で首をくくった。彼は高校時代、優秀で優しかった。私の企画した卒業文集にも女性を花に例えた優しい詩を寄せていた。この事件を新聞の隅に発見し、号泣したことを覚えている。私の次女も幼少時、他の兄弟や親戚の誰とも似ていないと言えば似ていなかったので、妻から、もしこの子があなたの子供でなかったらどうするか、と聞かれたことがあった。娘が三歳くらいになっていた頃だ。私は､すでに育ててしまってもいたし、はっきり愛情の自覚があったので、そうなるともう、誰のＤＮＡでもかまわない。今いるこの子がいとおしい。逆に幸せをもらってしまったように感じると答えた。友人の自死は、それはそれで純粋な「心中」の典型であろう。完結していて理想的なバッドエンドとも言えるが、子どもの視点が欠落している。この場合、胎児の人権だ。また、自死というものはまだ生き残っている他の身内には、とどめようのない激震を生じさせる。無論、身内以外にも。高校同級の彼の職業は教諭だった。

次は教え子の悲劇、母親が近くに住む男性と不倫し、堂々と近所に住む。おとなしい元夫が二人の子どもを育てる。やがて、元夫が新夫と妻の二人を殺害し刑務所に入る。子どもは孤児となりやがて成長して、姉は姻族の暴力団関係者の女になっていく。弟は行方不明。その暴力団関係者に犯され続ける女性、これが教え子、その教え子を救おうとするストイックな大学生青年も現れる。性にまつわる事件は人間性の何たるか、その矛盾点をあぶり出す。

この日は女性の中に潜むマリッジブルーの中に何か凶暴な理性的でないものを見る気がして書き始めた。結婚直前、女性は幸せの絶頂とも見えるが、これからの新生活の苦労が潜在的に見えてしまうこともあり、マリッジブルーに陥る。男なら「独身最後の……」などといって遊ぶこともできるが、女性は言えない。言えないが欲求はあろう。結婚直前の女性を襲う「狂気」の存在。または子供もいて幸せな女性を狂わせる誘惑。もともと「性」は感情に似ていて「理性」に従属していない。なんとかその奔流をせき止めようと法律や習慣や因習が理性の壁を作って取り巻いているが、それらを一気にふりほどいて噴出してしまう。

続いて自分の中にあるサディズムについて。他者の痛みに共鳴する心性は自分にもあると思うが、幼時の記憶の中にサディズムはある。カエルのお尻に火薬を仕込んで木っ端微塵にしたり、トンボの尻尾に糸を結んで飛ばしたり、人以外の血には何も恐れを抱かなかった。そのむずむずする快感を覚えている。今は蛇さえつかめなくなったが、自分がやられたら我慢できないが、自分じゃない他者が傷つくことを喜ぶ心性が人にはある。これがサディズムである。「狂気」に接続している。

ある場合には、笑いの原点でもある。人が転倒して万が一死んだ場合、笑いにはならない。転倒して怪我もなく、すたすた歩いてしまうと笑いが発生する。笑いは恐怖の手前で終着ではなかった時の感情である。口は開き、目もみはっているが恐れてはいない。赤ちゃんは笑いを学ぶ。赤ちゃんが笑うと周囲の大人は喜んで笑う。それを見て赤ちゃんは笑いを真似ると言われている。

時として感情や性は理性をなぎ倒して奔流のように流れ、たくさんの悲劇を生み出す。しかし、それを反対側から眺めると、「理性」の強靭な壁がすべてを閉ざしているようにも見えるのではないか。「理性」だけの世界は暗黒なのではないか。時には自分の中にある徳性でないものを認めてはどうか。「理性」と「感性」に分かれる前の自分を生きたい、と思った。それは何を意味するのか。何も意味しない。意味を越えた「生きる」そのもののような感触を一瞬感じて目を覚ました。そして、書いた駄文であった。鶏が鳴いた。やがてMM国の夜が明ける。

上座仏教

昨日から宗教週間に入ったためか、近くの寺院のスピーカーが一日中鳴っている。夕方の始まりには、タイ式ボクシングの試合前の祈りの音楽に酷似した音が聞こえる。オーボエから「洗練」を剥ぎ取った音。昔の豆腐屋のラッパ。この音は録音らしいが伴う打楽器はひとが合わせているように聞こえてくる。「タンタントタンタン」MM国に来たばかりの頃は宗教には敬意を払うべきと考え、聞くようにした。「ヘナマズル◯×△※▽$・・・ルイ」「※▽$ネイドリアンタコ◯×△※▽$・・・エニャーダーウィン」意味がわからないと聞いてる意味がない。無意味に敬虔になろうとする自分に、しだいにこれは変だと思うようになり、寺院のスピーカーコードを引きちぎった西洋人が逮捕されたニュースに、笑ってしまう頃には内心の敬虔さはなくなっていた。今はこの国の信教の自由は、本当はどのように確保されているのだろうかと考えるようになった。

不自由さの端的な例として、MM国人の日本への観光旅行ビザが発行されなかった話がある。日本が入国させないのではなく、MM国が出国させないのだ。この学校の校長の弟夫婦がこの三月末から四月上旬にかけて日本へ渡ろうとしたが、本人には日本在住一〇年弱くらいの経験があり、娘はMM国の親善留学生代表でひと月前に北海道を訪問し、外務大臣に挨拶をした。この環境にもかかわらず認められなかった。弟は建築関係の日本企業と取引のある人である。温厚な日本びいきでもある。姉は日本語学校の校長で、多くの留学生を日本に送り込んだ実績もある。このような両親が国益に反する可能性はほとんどないと思われるのだが。もう一例、私のいるこの学校を出て日本の日本語学校を卒業した生徒の親が、日本で行なわれる息子の卒業式に出席したいと、ビザ申請したがこれもMM国内で却下されている。詳細は不明で何か理由があろうかとも思うが、結果に対しても何も言わないし、理由も聞かない。軍事国家ではなくなったとはいえ、一〇年前までは、五人以上で酒を飲んで時事関係の話をすれば逮捕される国だったという。日本では考えにくい世情である。

MM国には仏教だけがあるのではない。モスクも少なからずあり、白く丸い帽子をかぶった白い服の人が入っていく。眉間に真っ赤な点を印し、ヒンドゥを表明してゾウ人間のいる極色彩の建物に行く人もいる。このイスラム教もヒンドゥ教もカトリックさえもこの国の仏教の勢いを模倣しているように感じる。また、仏教というものが日本とはおよそ異なる。日本の仏教は葬式仏教である。意味を失った読経がそのお陰で万人の悲しみを吸い取る。意味が分からないから皆勝手に自分の悲しみの中に入っていけるのだ。MM国では読まれるお経の多くは現代語で書かれている。「私を憎む人が不幸にならないように祈ります」「私を嫌う者が病気にならないように祈ります」などと書かれているのだ。聖書にもありそうなフレーズである。日本では今の言葉にお経を乗せて行事で使うことは考えにくくい。例えば、「この世の現象はすべて空である。空がこの自然現象すべての本当の姿である」などと葬式で読んでも浮かばれそうもない。しかし、全世界から見ると日本の方がマイナーである。世界では今の言葉にしたとたんに互いの矛盾や優先順位の違いが鮮明になり、後はバトルが待っている。また、日本人は宗教に潜む狂気に辟易もしている。第二次大戦は全員で大和魂に心酔した結果、日本全土を焦土と化してしまった。大和魂が宗教とも思えないが。

世界中どこへ行っても坊さんは生臭いなどと言った知識人もいたが、MM国の仏教は多くの戒律を持っている。「男は生涯に三度僧となり、一年間剃髪・托鉢をする」「僧籍に入る者は生涯僧侶で、妻帯はもちろん芸術も快楽として遠ざけなければならない」すでに日本にあるどの宗教よりも厳しい。ここMM国ではカトリック教会も仏教徒行列に似た行列を行う。MM国上座仏教に染まったキリスト像も決して悪くない印象である。

上座仏教では文章による伝承ではなく、口承伝達で後世に伝えて、その巧拙が最大の関心事になる。この考えはある弓道の達人も言っていた。文字にしたとたんにある固定観念に固まってしまって、「教え」が持っていた本来の自由度を失い、その人なりの解釈による修得ができにくくなる。口頭だと擬音語も増えるが、固定化が避けられると。

それにしても、長い読経が続いている。夕方からすでに五時間。読み手は交代しているが、まだまだ続く夜の読経。体調不良の時や病気の人には厳しいものがある。結局、この読経は深夜二～三時は音量が低かったが、途切れることなく夜明けを過ぎ、翌日の読経に続いてしまうのであった。

衣食住の「衣」

スーツ不要。長袖不要。日本の夏より当然暑い。日本の夏の一番は良質のコットンの下着と綿ポリ・麻ポリのポロシャツとズボンだが、そのまま持ち込むとこちらではややべたべたする。屋外ならTシャツとロンジーが正解。エアコンの中で一日中仕事ならば日本のままの格好でもよい。それでもズボンは薄手が良い。日本の東北では年間を通じて使用しないタイプだ。ペラペラのポリ100%かポリウール。やはり、ズボンよりも絹を含んだロンジーが快適で、浴衣の涼しさと同じ。だが、階段の上りでどうしても踏んでしまう。私のこちらでの正装は銀糸の入った赤のロンジーに黒ベルトをして、襟なしのワイシャツに金色の襟ピンをし、その上にクリーム色の紐ボタンの上着を着る。すべてこちらで言われるがままに揃えてもらった。最大の記念式典で着用しテレビに出た。その後、未使用。普段は綿100%のロンジーにポロシャツが多い。ロンジーがほどけたことが一度だけあったが、めったにない。縛り方は簡単ですぐ慣れる。お腹の前でねじって押し込めばい い。学校ではあえて日本人っぽくするためにロンジーは履かない。そして、ワイシャツかポロシャツだが、ズボンから出す。裾が曲線の場合、下着のように見えるのではと思うが、こちらでは外に出す。

また、こちらで英国ブランド名の入ったズボン三本とワイシャツ二枚を買った。値段はいずれも12000ks〜20000ks。激安。今空港の免税店で英国ブランド名の長袖シャツは三万円を下らない。さて、MM国産は生地は良質だったが、裁断と縫製が雑でワイシャツはXLという表示でMより小さく、上から三番目と六番目のボタンあたりが引きつれる。脇に横皺ができてしまう。ズボンは履いて不都合はないが、ジッパーの股ぐりの部分には小指が入るくらいの未縫製箇所があったり、コインポケットが形だけで入らないとか、そんなぐあいである。鰐マークのズボンは安かったが高品質だった。フランスブランドのシャツは値引いて40000ks以上で買うのをやめた。鰐マークのシャツも本物で高かった。高級品とバッタ品が混淆して同じ店内にある。ポロシャツは、買ったりもらったりしたインターハイ出場記念の日本製ポリエステル１００％裏ネット加工の物が重宝している。綿ポリでさえも暑苦しい。生地が厚いと着る気がしない。日本では気づけなかったことだ。その日本製もそっくりロゴの偽物がある。パジャマは日本の物はすべて却下。暑くて着ていられない。ＭＭ国の若い女の子が、日本のキャラクターパジャマを外着にして着て歩いているのをよく見かける。少し恥ずかしく思ってしまう。私が寝る時は、古くなった長袖の薄手のワイシャツと柄付きのステテコである。ステテコも小さめだとべたつく。靴下はまったく不要。サンダル生活にすぐ入ろう。靴もいらない。変わった若者だけが履いているのを見かける。傘は必需品。できれば紫外線を除ける裏が銀色の物を買おう。雨の日だけでなく晴れの日こそ必要だ。三〇分も差してみると分かる。生地の上で目玉焼きができそうなくらい熱くなるのだ。

フォントの話

目下の大問題はＭＭ語のフォントである。「フォントの違い」とは明朝体とかゴシック体とか活字の字体のことと思っていたが、ＭＭ国におけるフォントの本当の話は次のようになる。三つ種類があって、古い順に1myanmar text　2zawziy one　3myanmar3らしい。私のパソコンはT芝製だが、1のmyanmar textが標準で、事務所の一〇代の若い男性や教師の二〇代の女性がブラインドタッチで覚えているところの2zawziy oneで打ち込んだデーターが一部文字化けして出てくる。一部だったので気づくのに時間がかかった。私のパソコンでzawziy one常駐ができない。使う場合はJISの記号入力の特別枠に持っていき、外字入力同様にアラビア語やその他特殊文字の中から和文タイプライターのようにひと枠ずつ選んで打ち込まなければならない。MM語の教科書を作ろうと思い、「みんなの日本語」（スリーエーネットワーク）の第一課から五〇課までの構文箇所のみをMM語入力する作業に入ったが、できたモノを私のパソコンで加工しようとすると、至るところ読解不能となってしまったのだ。フォントの違いでキータッチ箇所も異なる。こうなると、MM文字入力に現地の人の一〇倍の時間を要する私としては、この仕事の完成は無限に遠退いたと思われた。しかし、一年の紆余曲折を経て、完成の栄に浴することができたのはMM国で大学を出たばかりの二人の女性のお陰であった。臨時雇いであったが、空き時間を工夫して助けていただいた。二人の氏名は記念として教材ページに刻んだ。

あるMM国人による説明を次に掲げる。千葉の大学で学ぶMM国人の論文である。

「ミャンマー語によるコンピュータ環境構築の提案」(抜粋)

ルインピュピュミイン　二〇一三年一月二四日

ミャンマー語の入力方法は数多かった。一九九〇年代は、ほとんどのミャンマー語フォントはアルファベットの領域に直接文字を割り当てていた。ミャンマー語フォントは国による標準も国際標準もない無法状態だった。文字の配置もフォント作成会社が各社独自に決めていた。当然、フォント毎にキー配列が違っていた。二〇〇〇年以降、Unicodeがだんだんと使えるようになってきて状況が少し変わってきた。UNICODEでは世界中の多くの言語と同じように、ミャンマー語も特定の領域を割り当てられた。やっと国際標準の仲間入りができたのだ。(省略)WindowsやMacがミャンマー語をサポートしていないので、OSの中にミャンマー語の入力システムがない。フォントを作成している会社が入力用ソフトをセットにして提供しないといけない。国による標準があればよかったのだが、それもなかったため、フォント作成会社がまたもや各社毎に キーボードの文字配置を決め、その入力システムとフォントをセットにして提供した。その結果、UNICODE以前と同じようにフォント毎に入力方法が違ってしまった。（省略）ミャンマー文字は子音三三個に母音や声調など記号の組み合わせ文字である。ミャンマー文字フォントを調べた。ミャンマー文字フォントはコードの並べ方により、表示や入力方法が違ってくる。今まではオペレーティングシステムにミャンマー語がサポートされていなかった。ミャンマー語を使う場合、コンピュータにミャンマーフォントとキーボードを設定する必要がある。それにミャンマーフォントやキーボードは十何種類ある。それから各フォントの文字コードの並び方が違うし、キーボードのキーレイアウトも違う。入力もキー入力のため、文字の構造が複雑で入力が複雑だった。不便なところや不備なところがあることがわかった。近年にMacとWindows 8のオペレーティングシステムにミャンマー語がサポートされるようになった。だが、キーボードレイアウトが違うし、キー入力だった。コンピュータでのミャンマー語の各入力方法を調べ、実験した。既存の入力方法で不備なところがあることがわかった。（以下省略）

どおりで苦労するわけだ。

またまた水について

相変わらず夜中の給水を継続中。注水時間は七分。ところが、前回は二五分かかった。時々、給水量／毎時が減少する。普通は七分で、この終了時の水音を聞き分けようと耳を澄ます。出だしの音は水の落差からドボドボという音がするが、しだいにその音は消えていき、最後に枠を越えてあふれ出す音がピチャポアピチャとなる。多少あふれても支障がないのでその音が聞こえたら止めてまた睡眠に戻る。なかなか難しい聞き分けテストである。時計の針も見ておく、ちょっと目をつぶったら三〇分ということもしばしば。今は洗濯をすべてボランティア氏に一回の謝礼5000ksでお願いしているが。もし、これを自分でやるとなると水をあげている夜中の時間帯になるだろう。というのは、ほかの時間だと減った分の供給ができないのでおそらく不足（駄洒落）の事態に陥るからだ。ポンプには三本の配管がなされていて、貯水の下の水槽と上の水槽、さらに取水の地下水汲み上げパイプ（ここにコックがひとつある）に繋がっているが、構造がさっぱり分からない。下の水槽の水が激減して、上への吸い上げ能率が下がってくると故障の予感がする。故障すると一週間はシャワーなしになり、白癬菌・真菌の活躍が予想されるのだ。菌の駆逐に〇軟膏で二週間かかる。軟膏の効果をより高めようとベビーパウダーを買った時に、同僚の女性から、「あせもができる人か」と聞かれ赤面して「そうそう」と答えた。

電気温水器は新品で以前のアパートにあった2～3℃しか上がらないものに比較すれば、上等でずいぶん暖かかった。後日、水道の水圧が下がり、シャワーがチョロチョロになり、温度が耐えられない熱湯に変化した。やむなく水温を下げたが、水量は変わらず、そのままチョロチョロ仕様で使用（再駄洒落）。毎日、シャワーを浴びないとシャツの襟はすぐ真っ黒になるだろう。土埃が床を覆って、床はすぐ黒くなり、洗えば白くなるのかもしれない足の裏も真っ黒になる。この埃がパソコンに最も悪い。最近、パソコンのファンの音が大きくなった気がする。

樫山文枝と栗原小巻

最近見た二人の映像が、自分の無意識域のなにかに直結していて、画面に出てくるだけで涙腺が反応し始める。昔のブロマイドの中で瞳から光を放っていた美貌ほどには、今回の映像からは感じられなかったが、二人とも強いオーラを放っている。「男はつらいよ」

のシリーズを友達が暇なとき観るようにと、帰国した私に渡してくれた。今、それにハマっている。栗原小巻は少し違うが、樫山文枝は年長の従姉妹H枝ちゃんに似ている。従姉妹は母に似ている。ということらしい。その従姉妹の兄の葬式が数年前にあって、私はそこで号泣している。それは憚りながら、従兄弟に対する悲しみからばかりではなかった。その時に二〇年ぶりに会った従姉妹H枝ちゃんの、私に対する成長への賛美と心配のし方が、亡くなった母親とそっくり同じだったからである。越後なまりも関係していただろう。「本当にモーちゃんかやあ」「震災でひどかったねえ。どこも大丈夫だったのすけや」「んだすけさあ。んんと心配したやあ」こんな感じでノックアウト。母親に思えてしまったのだ。その従姉妹H枝ちゃんは私たち一家が神奈川県に在住していた時、当時は高度成長期でたくさんの若者が東京近郊をめざして集まってきた時期に当たるが、妹のM代子ちゃんと一緒に我が家に寄寓していた。どうして「ちゃん」づけなのかというと母がそう呼んでいたから。母の姉の娘であるが、母より伯母が一〇歳以上年が上だったので、私たち兄弟の従姉妹でありながら、はるかに大人で、すでに高校を出て職に就いていた。その新潟県の田舎から神奈川県に一種の出稼ぎに来ていた。ケーキ屋と小売店で働き、見合いもしたと聞いた。その二人は結局、元の新潟県に戻って結婚して、そこに落ち着く。その前後、今度は私たち兄弟が新潟県に小学生の子供だけで向かったりして交流が続き、のちH枝ちゃんの長男が夜尿症の心配をした時など、小生が小六まで夜尿に苦しんだ先輩として「何も心配することはない」などと母とH枝ちゃんと話をしたりしたこともあった。そんなH枝ちゃんはしっかりした長女で、今まで出会った多くの女性の中でも群を抜いて情緒の安定性や判断の的確性を感じる人物であった。子供だった自分にもその愛情深さや知性が分かった。そして、その弟であるS郎氏は地元の商業高校卒業後、上京して私の父の会社に就職し、やがて転職してあるリース会社の専務取締役まで出世した。残念ながらそのリース会社は退職後倒産閉鎖の憂き目に遭うのだが。

件の樫山文枝は外交官の娘で、兄弟が有名な服飾会社を経営している。その生まれの良さゆえの、きりっとした陰日向なさそうな印象が、どうしても従姉妹のH枝さんと重なってしまうのだった。私の母の脳梗塞と長期入院にもずいぶん心配して足を運んでいたと聞いた。すでに二人の夜尿症少年たちは自分の家族を持つ世代になっていた。

もう一人の栗原小巻については、かつての恋人に似ているということにしておこう。

死についての短文

自分の死を想像することはできない。自分の死に対して近親者や友人がどう対応するかは想像することができる。たとえそのすべてが自分の思惑と違うものだったとしても。

そのことについての実際とは、自分の想像よりも多くの人がより深く悲しむらしいということを東日本大震災で知った。もし、今すぐ、鬼籍に入って多くの知人が生存中だった場合だ。それがまた、六年を経た今を生きる大きなバックボーンになっていることも知っている。

しかし、それは私の死に対する他の人の反応についてのことだ。自分の死を自分でどう思うのかということはおそらく意味のない、存在しない思考に思われる。

人の死は近親者の死によって、欠けがえのないものを失って、初めてその相貌を見せる。それはとりかえしのつかない喪失感。そこにあるべきものがない虚無の感覚。見ている景色が本当にモノクロになる瞬間。その悲しみが死の意味に違いない。

悲しみの色ははじめは白だと思う。真っ白で何もない感じ。「この事実は何だろう」「こんなことがあるのか」「なんじゃこりゃ」である。次に赤か橙色になって涙が溢れてくる。

そして、この血に似た心の赤い色はもう一生落ちない。人の死はその意味するところを自分の「生」に繋げる以外に方法がない。

自分の死とはゼロ、非存在であって思考にはならない。

ただ、死に至る身体的痛みは耐えがたかろう。死の直前の母を思い出す。モルヒネで眠っている神々しい顔が意識の目覚めと同時に苦痛に歪んで、眉間に深い溝を刻み顔が変わり果てる。目を開くが私を認識しているのかどうかも疑わしい。痛み止めを打つ。また神仏のような顔に戻っていく。「生きている」＝全身痛↓緩和ケア↓昏睡↓「生きている」＝全身痛。この繰り返し。涙なしに付き添うことは難しい。これが冥土に逝く人の姿か。神様、何とかお慈悲を。母の死に臨み作った短歌もどき四首。

「たらちねのかがよう母はゆきたまうかそけきばかり窓に冬の陽」

「横たわる苦艱すべてを取りのごい母の寝顔を持つみ仏は」

「十歳前（ととせまえ）言の葉失せし母なれど孫奏上に送られてゆく」

「行くところ母のみ魂の黄泉の国の絵立ち並ぶそごう院展」

死は本人による価値付けを拒否している。思考として存在していない。

日曜の遠出

このところ遠出を控えていた。風邪を引いていた。日曜ごとに体力の回復どころか、発熱して寝ついていた。経口補水液1ℓ、健康飲料2ℓで発汗に対応した。鼻の穴にティッシュを詰めて仕事をした。昼は活動できるが、夜間になると発熱・鼻汁に襲われた。抗生剤レボフラキサシンが特効薬のように効いた。朝二錠飲むのだが、二日で軽快になった。カルボシステインも桂枝湯も麻黄附子細辛湯も何でも飲んだ。葛根湯加川芎辛夷というものも飲んだ。もうすぐ帰国するので今日は最後の日曜日である。一年前の元気な時のようにずっと歩きたかった。今までで一番長い、橋を二回渡るコースである。タネン川をヤンゴンの東の外れで渡る。小さな詐欺師に

橋の建設現場の看板。日系企業が活躍しているようだ。

会った港には行かない。一本目の橋は歩道らしきものがない上に工事中で、車が身体のすぐそばを走るのも恐いが、車の通過で仮設の橋が揺れるのも恐い。日系企業の受注らしく小さな日の丸が看板にあった。川向こうに着く。かつて台風が猛威を振るった対岸側だ。集落と小さな市場を見ながら行く。道路は大渋滞で反対方向にぎゅうぎゅう詰めの中型バスが何台ものろのろ走って、乗客が気の毒になった。大きな道をすぐ右に行くとまた大きな橋がある。この橋は地図にない。新しい橋でレインボーブリッジみたいにワイヤーで吊った橋だ。バスがその三車線道路を傾きながら暴走していく。渡り終わる所の歩道上にバラックの家がある。ドアを入らないと車道に出てしまい、暴走バスに轢かれてしまうのでやむなく入ると、警備員二人が向かい合ってボードゲームに興じている。「ソリノー（すいません）」と言って通る。こちらの橋は片道三車線もあって交通量もあるが、歩道を歩く人の姿はない。前に来た時は、橋で唯一の日陰箇所である橋柱の陰で若者がゴザを敷いて、ひとり眠りこけていた。渡り終わると「Ocean」というスーパーマーケットが待っている。広く、涼しく、三階トイレ前には椅子がある。二時間も歩いたのでオアシスである。持ってきた水分も尽きたら買えばよい。暑さもしのげる。体力がない時はここまでにしてタクシーを拾う。２０００ksあれば帰宅できる。ヤンゴンタイムスが発行している地図上では、ここで北上する道路に繋がるように見えるが歩くと西方向なのである。橋が終わった所の交差点への取り付きが地図上おかしい。MM国に国土地理院のようなものがあるのだろうか。今日は全線歩き通す。「横綱」というラーメン屋は美味しかった。「元気」というマッサージ店に寄る。目の不自由な人による真剣なマッサージである。全身一時間で8000ks。今日はどこもかしこも痛くて「ナーデー（痛い）」を連呼して笑われ、「ソリノー」を連呼された。風邪のせいもあっただろう。「セイヂャヤーラー（大丈夫か）」も言われた。「ジャパンザガーネネピョダッテー（日本語を少し話します）」というので「ミャンマーザガーネネベーピョダッテッレー（ミャンマー語はまだまだ話せません）」と応えた。

横綱ラーメン。豚骨味、何軒かあるラーメン店でここがお勧め。

買い物もして午前一〇時～夕方五時まで歩き通した。激しい疲労と満足感があった。洗濯のボランティア氏も水祭り休みに入り、一昨日から自宅で洗濯が始まった。毎日やらないと一度にはできない。ベランダの屋根は高い上に竿もない。室内に干し場を考える。以前、神様の目の前にパンツを干して齧歯を買ったので今回は少しずらした。

フリーズドライ以外の日本からの食品を尽きるように食べていく。四月一三日賞味期限の味噌汁が六袋あった。これを片づけよう。餅はあと三個。これは残しておこう。まだあるフリーズドライ品はダンボール製棚の高い位置に置いておこう。先日、台所で生きた鼠君と遭遇してしまった。殺鼠剤とゴキブリが入る家のようなものを設置した。ナフタリンを買って、ストッキング製三角コーナー袋に小分けして、要所要所に置いた。あとは荷物整理も、およそ終わった。今日は朝から部屋の掃除とワックスがけ、上階の水拭きをしてから出かけたので、本当に充実した一日だったと思う。唯一、残念だったことは昼に急に下痢をしたこと。原因はおそらく校長不在時の昼食と風邪ウイルスの複合汚染だと思う。二か月間下痢なしの奇跡はついに破られた。しかし、連続する様子はない。

翌朝、鼠の死骸が天井の隙間から落ちて神様の横にあった。まだそう古くはなく、ウジ虫が湧いて頭蓋が半分骨のまま、体にはまだ肉があった。取り上げてベランダに置いた。鳥葬を期待するが、眼球の付いた半分の頭蓋に吐き気を催した。また翌日、鳥葬は成功したらしく跡形もなくなっていた。おそらくカラスの寿命を延ばすのに役だったのだろう。

これから一か月の不在が廃屋化をさらに招くのか。静粛に合掌した。一か年の契約期間を終え帰国。脳外科の定期検診も待っている。

鍾馗と閻魔

あるとき、閻魔の使いが来て、瀕死の男の魂を冥界に連れ去った。閻魔に見せたところ、この男にはまだ寿命があり、返すことになった。しかし、その粗忽な使いは間違って別の瀕死の男の身体にその魂を返してしまった。別の瀕死の男から出た魂は弱く、その場で消滅した。別の男の身体に初めの男の魂が入ってしまったのである。それを知った鍾馗は、初めの男の妻に同情して、その事実を伝えようとするが、閻魔に引き留められる。もうすでにお骨になっている。死を受け入れて覚悟をしている妻は、姿の違う生まれ変わりの夫に、混乱をさらに深めるだけだからである。鍾馗は一旦は承知するが、やはり憐憫を禁じ得ない。残された娘に父親が違う人に姿をかえている、とそれとなく伝えた。やや霊感のあるその娘は成長して、やがてその姿を変えた父に会い行き、その男に妻があることを知りながら関係してしまう。鍾馗と閻魔は悩むが、一生結婚もできず、別れることもできない運命をその娘に課すことで決着する。そんな話である。

私の娘には今付き合っている男がいる。その男には離婚歴があり、子供の養育費を払いながら私の娘と同棲している。他にももう一つ借金があり、これは実母の作ったものだという。返済義務が毎月二件あっては生活は厳しかろう。娘は決して入籍しなかった。借金が発覚した時、入籍しなかった娘の勘が正解のようになってしまった。娘の配偶者というものは、その娘の父親にルーツあるいはその反作用があるという説がある。自分の娘は決して先の鍾馗と閻魔の例ではない。私が脳梗塞の疑いで倒れ、目が覚めた時も自分の身体に戻っただけであったし、前世の妻も記憶になく、冥府も覚えていない。どこも似ていない。なのに娘を思い出すと同時に「今昔物語」を思い出している。なぜか分からない。

昔、同僚が脳梗塞で倒れて亡くなった。校内で倒れて事務所のソファーに寝かされているところをちょうど私は見ている。大いびきを掻いていた。彼と私は、それぞれ学校のある校務分掌のチーフをしていた。どちらかが、どちらかの分掌の長にならなければならなくなった時、私にはもう一つ、全国高等学校体育連盟（以後、高体連）という外郭団体の県の長という職務もあったため、学校内では、私がやや軽い分掌の長になり、彼は多忙を極めるその分掌の長になったという経緯があった。私は今でも、立場が逆だったら私にも同じことが起こったかもしれないと思う。事務室に倒れたのは私かもしれなかった。学校という職場で受けるストレスの大きさは、経験した者にしか分からない面がある。

そして、彼には事実婚の相手がいた。しかし、入籍はしていなかった。労災認定はされたものの、その相手に補償が渡ったとは聞いていない。どうして入籍しなかったのだろう。事情がありそうだ。もし、鍾馗と閻魔に会うことがあれば、こちらも事情を聞いてみたい。

MM国で木彫の鍾馗像を買った。日本でお世話になっている医師に差し上げるものである。

ゴングは鳴らされた

二年目の始まり。留学生七五人中六四人が入管で足止めさせられたままの至難の船出となった。

生活上はやはり食事が一番の難題、夕食か朝食を充実させないとカロリー不足で万病に至ってしまう。まだ先発させた梱包荷物は学校にあり、最終兵器である餅やインスタント麺が宿舎にはごく少数しかなくて、荷物を運んで開梱しないと餓死する。とりあえず、飛行機に持ち込み、持ってきた、卵三個を入れれば完成という調理惣菜と、残してあったスープでごまかした。米はなんとかこちらの米で腹ぐあいは悪くない。しかし、三日間くらいは様子を見ないと安心はできない。なにしろ消化の炭酸同化装置を一から作り直すのだから身体もたいへんなのだ。

交通手段は足（アシ）しかなく、露店を避けて安全なスーパーで、安全そうなアロエ水なるものを買うが、手で持てば1ℓ・三本が限度である。最近、青梗菜（green mustard）のおひたし作りを覚え、こちらに着くや、すぐ作成する。熱湯で五分茹でるだけ、簡単で美味しい。夜の定番味噌汁は一椀用小袋入りにドライ野菜を追加して完成。味噌は毎日少量がよい。時にはパスタにも挑戦する。緬そのものは美味しいが、ナポリタンなど「あえるだけシリーズ」がなぜか美味しくできない。ソバうどんなど大量に水を使うものは、その水の貴重さゆえに不適当。ジャージャー流す水がどこにもない。従ってドロドロ状の麺類となる。「つぶ入りコーンスープ」にパスタは、麺では成功した一例である。酢の物も成功した。わかめ（韓国産は少々硬めで雑）とキュウリと人参などに、酢と同量の砂糖とシイタケだし、なければカツオだしとレモンと生姜少々、これだけ。キュウリと人参のサイズで大きく風味が変わるので好みで大きさを決める。大根（二種類あり大きい方）は一度入れてみたがなぜか苦み渋みが出て失敗。量を多めに作り置きして、一週間食いつないでは日曜にまた作る。飲料水は20ℓが常時三～四個あり、安心である。二階の部屋に運ぶのは校長専属運転手氏。助かっている。日本に帰るたびに運転手氏にも何か土産を買って差し上げる。

通常、食事はタンパク質が不足する。卵は買うが肉や魚は買わない。小さいソーセージ状のポークウィンナーを発見。辛みのない方を買う。時々、豆腐を買う。昔、日本にもあったチューブタイプのものだ。これだけあっても夕食で食べるものがない。それに反して朝食は立派である。クロワッサンと紅茶、それにヨーグルトに果物（多くはオレンジ）を入れたもの。ジャムもチーズもある。野菜サラダはなし。日本でも朝のサラダは食べてこなかったし、生活用水で洗った野菜は下痢になる。これに目玉焼きを付けることもある。

食べ物には感謝を捧げるようになった。食糧不足で苦労すると思わず知らず、自然に敬虔になる。

二度目の腰痛に呻吟する

三日目の晩、昨年と同じぎっくり腰に襲われる。昨年はフライパンを持ってくしゃみ一発でその場に倒れ、一週間自力でのトイレ往復が叶わなかった。今回は発生部位も前回より脊椎一個上のような場所で、激痛はなく、少しかがんだ膝高で洗濯物をごしごしやっていたら、足がつるように腰の内側のどこかがつってそれをかばうように、少し上の脊椎がクニッと曲がり、もう立てなくなった。裸体をベッドに横たえ、這って下着を取り、腰痛改善薬を飲み、経皮鎮痛消炎軟膏を塗りまくり、一晩展転した。思えば、飛行機で足のむくみがあった。くるぶしが扁平だった。こちらに来て夜間定時の揚水作業に、深夜のその時刻まで寝ないで対応している。疲労が溜まっていたようだ。昼は昼で、留学生差し止めに関わる対応で、大学からの文書に対する要求書の推敲に忙殺されていた。そんな中で睡魔に襲われながらの夜半のシャワーと洗濯はやはり無理があったのだ。翌朝になり、学校に電話。杖と以前効果の高かった薬（奇跡的にパッケージのみ保存されていた。）を買ってもらい、服用すること二四時間で三錠、早くも小康を得て歩き始める。次の日の晩は、校長専属運転手氏が徹夜で介助に来た。20kgの水の設置や梱包荷物の移動や洗濯物を干したり、床のワックスがけなど、今したいができないことをすべてしてもらった。ただ、私がテレビを消したにもかかわらず、あえて点けて一時半までサッカーのアーセナルズの優勝に付き合わされたのには閉口したが、私も目をつぶりながらも苦痛を楽しむ心持ちでいた。夜中の毎日の義務だった揚水もミスなく遂行できた。彼は英語もあまり堪能ではない。帰ってよいと言ったが、朝までいて、明け方五時に帰って行った。やはり、私自身のMM語能力の不足が慚愧の至りである。食糧も水も心配はない。梱包荷物の中にパックのご飯がある。餅もある。ただ、パソコンを学校に置いてきてしまって、Skypeのチャットができないことがイタい。停電をはじめ、MM国との時差もあっても、娘や妻との文字による会話は万金に当たるのだ。唯一の常用日本語によるやりとりがそこにはある。

梱包荷物と言えば、日本から出すときに12kgと15kgの二つで25000円ほど郵便局（EMS）で支出しているが、MM国到着時に40000ks支払っている。明細があり、見ると、重量で14000ksと18000ksと郵便局4000ks×2とあった。郵便局の取り分が追加された形だが、黙って払うことにした。事前に電話で確認もあったからだ。それにしてもMM国の税金なるものは何なのだろう。もとより中身の食糧の値段より送料が高いことは言うまでもない。

入管六四名差し止め事件の真相

すでに雨季、毎日ものすごい湿気で、洗濯物は生乾き、身体中べたべた。ベッドに寝たくない。ベッドに苔が生えそうだ。昨日は低気圧が通過したらしく、道にしぶきの上がる雨、日本の雨より水温が高く、なるほど、これでは風邪は引かない。道路は川になった。雨が上がってくると水はすぐ引いてしまう。どこに流れているのか、半日後、川が溢れそうになる日本とは違う。こちらが平野、日本は山が近いということか。帰宅してみれば停電中、あの暴風雨の翌日ではやむを得ないか。五分通電、弱い。低電圧なのか明かりがすべて薄暗く五分でまた停電。ガスは使えるのでお湯を沸かしコーヒーなんぞを入れてくつろぐ。懐中電灯二つで机上のみ明るい。

六四名の入管差し止め問題は、実は以前からその原因を内包していた。留学生入国の条件として、「保護者の学資支弁能力の証明」か、それ以外では「全学費奨学金」によって認められるというものがあるが、当事務所では、実際には保護者などがすべての経費（学費・生活費）を負担しているにもかかわらず、全額給付奨学生として処理していた。それはMM国の銀行事情と関係がある。ある日、試みに自分のキャッシュカードで５０００ks日本から引き出してみた。手数料は５００ksだった。10％。タイのバンコクでも同じだったが、円をドルに両替すると手数料は二回分（自国通貨経由）で10％取られる。小額紙幣は持っていかない方がいい。MM国では街なかに「＄１ドル紙幣は交換手数料50％取ります」と明記している。MM国で入金後、残高証明をしてすぐ引き出すと、おそらく一割以上の損失になることが予想される。そもそも銀行にお金を預けない。信用していない。銀行が機能不全というこの国情は日本人には理解が難しかろう。よって、所得の証明はたとえ現金を持っていても難しいのだ。MM国で残高証明を取って、仮に留学が認められず現金を引き出した場合、その10％は消えてしまうだけだ。半年ごとに留学に挑戦すると五年でゼロになる計算だ。そこで大学は、本来は留学生の急な出費に対応して貸し出しを行う各国の「学生支援ファンド」を「全額給付奨学金支給母体」ということにして、全額親が出している学費を全額給付奨学金として会計処理してきたようである。それが、日本入管によるMM国への直接の学生実家への電話調査で、こちらの生徒が正直に「学費は両親が負担します」と言ったことから発覚した。「奨学金です」と事情を理解していて答えた生徒もいたが、結果として名古屋入管通過四名の時点で、大学がみずから入国を取り下げるという措置に出たわけである。一旦「不実記載」となると取り返しがつかないからである。そもそも入管とは世界中で基本的に「理由説明」に応じない政府機関である。推測が多くなるが、横浜で知り合った中国籍の学生は、日本で四年間大学に通った後、ＹＭＣＡ（キリスト教青年会）に一年半通っていると言っていたが、残高証明もなし、親の「在職証明」のみでずっとやってきたとも言った。大学は別扱い、優良日本語学校も別扱いとなっているのだ。私費留学生と国費留学生の人数の割合は九対一である。留学生約一九万人のうち一七万人が私費である。このＴＦ大学には日本語別科だけで２１７２名いる。今年二〇一七年は日本への留学生希望者が例年の三倍という話も聞いた。留学生三〇万人計画が三分の二達成し、今年度だけで六万人が来たら、来年度で達成する見通しになる。絞り込む要素とその方針は、間接的に「注意点」として入管から発表されている資料がある。大学直接入学者と優良専修学校は厳格審査を不要とする一方、不法残留率の高い学校には経費支弁能力調査を、残高証明の真偽性だけでなく、資産形成過程の合理性にまで言及して要求しているし、さらに現在日本にいる在校生については残高証明ではなく、成績と出席率の報告を求めている。

このTF大学MM日本語事務所出身の先輩のうち一五名が出席不十分という連絡が先日池袋校からあった。さらにその後、四名の除籍予告がきた。不法残留率3%で要注意、5%で「不適正校」として厳格な審査を行う、となっているが、TF大学は大丈夫だろうか。当事務所の今までの卒業生総数は三百余名である。

その後、12%・15%・50%と言うラインがあり、それぞれ、注意、審査の厳格化、入国拒否という方向性が示されていることが分かった。TF大学はすでに15%を超えていると推察できる。しかし、中国やベトナム出身者の最悪の例のように、大学に実態がなく、すべて似非留学生で、実は全員不法労働という確信犯型とは違う実態であることも確かだ。まだこの時点では、私が直接教えた留学生は日本にはいなかったが、やがては日本でもMM国内でもこの入管絞り込み策は、大きな問題を社会に提起することになる。

カンボジアの求人

「犬猫は常に同居しているとお考えください。カンボジアでの生活は非常に大変です。海外長期滞在が初めての方は良く考えてから応募してください。渡航赴任目的が日本語教師ではなく「NGOボランティア活動」等のための生活手段の方はご遠慮ください。当校は純粋に日本語を教えることに全ての情熱を傾けられる人の応募をお待ちしております」である。

これはある日本人学校の募集に関する注意書きであるが、事情はMM国もほぼ同じである。まず生活が困難をきたす。水の扱いについては縷々書いた。飲料水20ℓタンクを常に四つ常備する旨、地元の人にお願いする。歯磨きもその水を使う。次に重曹の準備。それを水で溶き、大きめの鍋で食器の二度目洗いをする。これで路上販売の食品を口に入れないようにすれば、ほぼ完全に細菌性の下痢は防ぐことができる。またある日、TF大学の職員が四人来て、四人全員が下痢になった時、日本では風邪薬であるクラリスロマイシンという抗生物質が効いた。薬もできるだけ持ってきておく、私は三〇年来通っているかかりつけ医師に、すべてを話して多めに貰ってきた。持参した薬の一覧表を一読あれ。それでもどうしても路上販売食品をもらってしまうことがある。お祭や各種記念日などにふるまわれるものだ。これは家に持ち帰って湯通しして醤油味を付ける。なかなか「美味しい食べ物」にはならないが我慢して食するか、もったいないが放棄する。

必ず風邪も引くが、寒いから引くのではないので発症に気づきにくい。頭痛型・鼻腔咽頭型・熱型でそれぞれ別に薬があるとよい。あとは常備薬、私の場合は腰痛対策・眼精疲労対策・下痢対策など、雨季には不要だったが、乾季にはリップクリームが必需品だった。タイバンコクで買った頭痛薬は、胃が痛くならず効いた。ダニシート（ペット用可）をベッドシーツの下に敷く。蚊取り線香と殺虫剤はこちらで買う。O軟膏とカットバンも有効。ゴキブリはゆっくり歩くのですぐ殺せる。遺骸を放置しても三日以内に鼠か蟻が持ち去る。蚊の完全駆逐はあきらめ、睡眠中の活躍だけを縮小させる。ヤンゴンにはヒトスジシマカのような大きいのはいない。みな2㎜以下。トカゲと蜘蛛は殺さない、小さい虫を食らうので一緒に暮らす。ムカデは共存できない。鼠はこちらの殺鼠剤と日本のキャッチボックスを設置したが、まだ逮捕に至っていない。後日、ぞくぞく逮捕。

Cマートで購入するものも一覧表をご覧あれ。野菜不足は否めないが、青汁を持ち込んで補っている。肉は一切買わない。卵が主なタンパク源。時々豆腐と缶詰の魚、こちらも不足気味。半年に一度帰国して、約一か月の日本滞在の間に補う。酢の物とおひたし以外は作らないことになりそうだ。朝食はCマートのインナーベーカリーで買うクロワッサンが美味しく、ヨーグルトと果物にチーズと、絶品はアールグレイ（少し高価）、カロリーも十分だ。昼食は日による格差が大きく、量と質が不足気味。夕食は、酢の物とおひたしを除くと大問題でうまくいってない。チャーハンも美味しいかと言われれば、ややノーである。味噌おじやはまあまあ、即席ラーメンとライスが貴重なおふるまいになる。ラーメンは日本からの持ち込みが終わったら現地の辛みの少ないものを買う。スパゲッティは地元で唯一べたつかない麺類、コーンスープで食す。

MAHA BANDOOLA BRIDGE

二年目の二回目の日曜日、いつかと同じ最長の散歩に出発。ヤンゴンの南東の外れの橋を渡る。下を流れるのはバズンダング川という。橋の手前に仏教寺院とヒンドゥ寺院が並んでいる。仏教寺院は建築中で、見るとモルタルの柱に器用にモルタルを盛って装飾にしてからキンキラキンの塗装を施している。花と波を組み合わせた模様がそれぞれの柱を取り巻きながら出来上がっていく。職

ヒンズー寺院の入り口にある彫刻。とにかく明るい。肉感的女性も男も象人間もみんな極彩色で踊っている。

人の手作りだった。隣のヒンドゥ教寺院はユーモラスな男性像と肉感的な女性像が門のいたるところで微笑んでいる。象も必ずいて楽しそうに足を上げたりしている。すべて極彩色で見ていて飽きない。工事中のこの道は歩くスペースもなく、交通量も多く反対側に渡ることはできない。鉄道と道路一本を跨ぐように越えて橋のたもとに着く。日本との合同企業が新しい橋を建築中だ。30m高の大きな橋脚が立ち上がっている。仮橋の上を歩く。バスが通過するたびに上下に揺れて少し恐い。前にも書いたが、ヤンゴンの南東端の道路とこの橋の取り付き位置が「ヤンゴンジャパン」の地図と違っている。跨線橋あたりから道路が変わってしまっているようだ。対向車線は大渋滞。あるバスの最後部座席におばさん風のふくよかな女性が座って、その膝の上に若い男性が座っていた。あれはカップルだろうか。左に小集落を見ながらしばらく行くと交差点の右に今日の目標MAHA BANDOOLA BRIDGEが現れる。近代的な太

お寺の柱の彫刻。モルタルで器用に形作って白く塗る。この技術には脱帽。

いワイヤーの吊り橋である。こちらの道路は片側三車線あってガラガラに空いている。こっちを通ると遠回りになるのだろう。この橋も高い。下の河原で砂利運搬船からコンベアーにザルで次々に砂利を運ぶ一〇人ほどの人々が小さく見える。パワーショベルはなく人海戦術だ。女性もいる。この仕事ももう日本にはない。渡り終わる中ほどのところに関所のような、歩道を占領したバラックがある。前回同様だ。今日見たところでは警察官のようだ。車道に下りるか、中を通るか。中を通る。元気に「ミンガラバー」。通行税は取られなかった。挨拶は大事。新しく日本で購入したサンダルがしだいに親指に食い込んできた。痛いが我慢。出発して二時間が経過していた。橋は右にカーブしながら鉄道を越える。線路沿いのアパートの四、五階あたりのベランダで女性が水浴びをしていた。橋のここからは50m先の下に見える。目が合ったような合わなかったような。見ないようにしながら行く。渡りきる直前に小粒の暖かい雨が落ちてきた。ちょうどよいタイミングで大きめのショッピングセンターに入る。水を買って飲む。冷房も完備され、きれいなトイレもある。広くて開放的、落ち着く。トイレ前のベンチに座って一休み。もたれかかると背中の後ろはまだ工事中のカーテンでおっとっとひっくり返りそうになる。子供を遊ばせる遊具コーナーも有料で作られている。ここには中層所得者が集まる。MM国産英国風もある。バンコクドンムアン空港免税店で三万円が、ここでは1５000ksで買える。生地は本物、仕立てとサイズ表示がこちら仕様である。ポケットなどが実際着てみるとまったく使いづらいことが分かる。つい買いそうになる。女性用装飾品も多数置いてある。概して派手である。すべてスワロフスキーみたいにキラキラしている。日本の黒地に金線や、くすんだ紅色みたいな「わびさび」ものはない。かといって大阪風にくどい感じでもない。キラキラも地味目を選べばこれはこれで、若い日本人にも合うのかもしれない。MM国人が好む模様も分かってきた。日本由来のものを少しカラフルにすれば流行るような気がする。MM国の模様も実に多彩である。南国らしく色使いも豊富で繊細さもある。家具コーナーはいただけない。そもそも構造材の鉄そのものが荒っぽい。事務机を見ない。組み立てボックスはない。椅子は体育館で使うような安めの折りたたみものが主流。食器棚のようなものはあるが、角がやさしくない。不織布とプラパイプの継ぎ手が割れる衣装ケースは並んで陳列されている。でも、床がきれいで天井が高く棚に塵芥がないのはすばらしい。従業員も暇そうにじっと立っているだけの人はいない。雨脚は少しも弱まらないが、やむを得ず外へ。しばらく歩くが雨が強い。シャッターの下りた店の前で若者が雨宿りをしている。混ざる。止まない。出発。若者たちも出発。大きな木の下で小休止。傘を待たない人が一人また一人小走りに行き過ぎる。サイカー（自転車人力車）が雨と車のクラクションを縫って疾走する。全身ずぶ濡れだが寒くはない様子。小走りの女性が何か言って過ぎたが、ちょっと分からなかった。傘は一本しか持ち合わせていない。仕方なしに歩く。やがて「横綱」というラーメン屋に到着。ここのラーメンはおいしい。一度以前に来た。その時知り合った、日本語が堪能なママと後日偶然空港で再会。ママは日本へ買い出しに向かうところだった。前回、来店時は「味噌」を食す。今回は「醤油」、次回「トンコツ」を予定。今日はママは留守でした、残念。外に出るとまだ大雨、ずぶ濡れのロンジーを引きずって「元気」というマッサージ屋に入る。ここで働く人はみな目の不自由な人で、上手な人が多い。一時間で９０００ks、安いと思う。いや普通か。首とふくらはぎに痛みがあった。少し眠ったかもしれない。終わって外に出ると雨は上がっていた。「ルビーマート」という店で、今度、自宅に近い職場へ転職するという事務職員のために、お別れの贈り物を買った。自宅に帰ると八時間近くが過ぎていた。

ゴキブリ退治

ゴキブリを五匹殺害した。一匹目は台所、こちらのゴキブリは素早く逃げない。逃げる時もカブト虫ぐらい余裕を持って逃げるので簡単に殺害できる。台所に遺骸を残したが翌日触角だけをきれいにハの字に残してなくなっていた。昆虫の触角の付け根は堅い。どうやってそこだけ残して持っていったのだろう。誰の仕業だろう。二匹目は段ボール箱の底で出口を見失って走っているところを殺した。三匹目は立てておいた紙袋に落ちて出られなくなっていたヤツ。四、五匹目はつるつるの床の上で仰向けになって足をばたつかせながら逃げられなくなっているところを、殺虫スプレーで噴霧をするのではなく、押しボタンを弱く押してチュルっと出る液体を数滴落とす。すると、ゴキ様を風圧で吹き飛ばさずに殺害できるのだ。それにしても仰向けになったゴキブリはどうして羽根を使わないのだろう。翼を広げれば簡単に逃げられると思うのだが、ゴキブリの気持ちが分からない。遺骸はすべて放置してある。鼠がくわえていくのではないか。再度、触角を残して消えたらそこに鼠捕獲器を仕掛けるのだ。もしかして蟻が担いでいったのか。こちらの蟻は1㎜、点が動いている。老眼にはその足は見えない。動きから蟻と分かる。

ある晩、眠っていると右足親指の爪に何かが乗った。反射で足を蹴り上げるとどこかに何かが飛んでいった。足に残った感触からゴキブリかトカゲと判断された。明かりはつけず、行方も追わない。どちらも噛むことはない。

ある朝、足に赤い点が三つ、ダニと思われる。ダニはやたらに痒く化膿するが、そこまでいかない赤い点は、もしかしたら蟻かもしれない。蟻は紅茶を飲み終えたカップの底に砂糖粒を求めていたりする。台所で行列を見つけるが、砂糖の箱に向かって行進しているのでなければ殺さなくていい。

鼠の死骸をよく道路で見かける。時に子猫の死骸も見かける。カラスが内蔵を持ち帰ったあとペチャンコになって小さな黒いなめし皮になっていく。子犬に餌をやる人がいる。子犬を産んだばかりで血を流しながら腰砕けで歩いている母犬。ある時など、おそらく死んでしまった子犬の頭部をその臀部に露出したまま姿を隠すようにとまどう身重の母犬も見た。小動物の生と死が近くにゴロゴロしている。

ゴキ様とは、やはり共存は難しい。領土侵犯したらこれからも退治し続けます。悪しからず。鼠小僧も。

オタマジャクシ

中学一年生になった昭和四〇年頃のことだ。教室に一人、とにかく目つきの気持ち悪い奴がいた。S君という。彼は教室で自分のモノを引っ張り出して弄っていた。大きさにも驚いたが、目が合っても隠さず行為を続けて笑っていた。私は笑えなかったのを覚えている。彼は確実に性欲異常者だったが、彼以外にも明らかに知能障害の少年も普通に一緒に生活していて、みんなそのことについては知っているが、そういうものだと思っていて、それをネタにするとか、それでいじめるとかはなかった。「斜視」や「てんかん」も知っていた。「斜視」の彼は貧しく、これは小学校時代にさかのぼるが、新聞配達をしていた。私は何を思ったのか新聞配達がしたいと親に言い、彼の手ほどきを受けた。しかし、三日ほどでその厳しさに耐えられずやめてしまった。親は頭を下げに行ったことだろう。その数日後、事件が起こる。彼の靴がなくなってしまったのだ。実は私がちょっとしたイタズラで、彼の靴を下駄箱の裏手に置いておいたのを、底意地の悪い奴が見ていて、たぶんさらにどこかに持ち去ったのである。帰りに新聞少年の彼が少し困っているのを見て、すぐ教えようとして裏に回るとすでに靴はなかった。そうこうしているうちに先生方が騒ぎ出し、私はすぐに自分のイタズラを告げて謝っていたが、ゴミ箱やそこいら中をみんなで探してても靴は出てこなかった。後日、親が弁償したと思う。底意地の悪い奴が誰だったかはいまだに不明だ。私の心に嫉妬はなかったが、新聞配達が自分にできないことが少し悔しいという思いはあった。当時私は、そこは田舎ではあるけれど「しんどう」と呼ばれていたから。「しんどう」とは「振動」や「新道」ではない。また「てんかん」の子は、授業中に倒れて、技術家庭科の先生がハンカチを口に突っ込んで、静かになったあとみんなで保健室に運んだが、そのハンカチはとっさに私が渡した物だったので、すっかり落ち着いたあと、彼の唾液でぐちゃぐちゃになったハンカチを水で洗って持ち帰ったのでよく覚えている。帰って母に説明したが、「そうなの」といって普通に洗濯籠に放り込んだ。後に百科事典で安全を知るが、その時、私は感染しはしないかと内心思って、ひやひやしていた。

さて、件のS君は、変態であるだけでなく詐欺師でもあった。ある日、百円貸してくれと彼が言った。貸した。一日後、返してくれたが百十円だった。十円はいらないと言ったが、受け取らない。これが三回ほど続く。その後、五百円貸してくれと言う。貸した。もう返ってこなかった。これが大人になって詐欺の典型と知る。そしてある日、家に連れて行かれた。彼のタンスコレクションを見せるためだ。彼のタンスにはカラフルな女性の下着がたくさん並べてあったのだ。洗濯して干してあるものを盗んだに違いない。姉と妹をちらっと思い出して不愉快と好奇心が半ばした。それから数日後、五百円の請求をすると、「あのコレクション見ただろう」と言う。嬉しそうに言う。あきれると同時にあきらめた。

そのS君と、もう一人、こちらは後に獣医になるU君であるが、三人で、夜道を歩く女性を襲ってヤッてしまおうという計画を立てた。どこまで本気だったのか、今になってはよく分からないが、駅にほど近いその暗い細道に三人で潜んだ。私は見張り、U君は女性を殴って倒す役、そしてS君が犯す、という手はずだった。数人の大人たちが通っていった。次に来たヤツをやろうと三人で言い合って身構えていた。その時、そこを通ったのは当時私が好きだった中学生のN子さんだった。私は一人草むらから現れて二人を置き去りにして、N子さんに追いつき「この辺、危ないから送っていくよ」と家まで送って行った。もちろんN子さんには何も言わず、送った後、私は自宅に帰った。普通に自分はよいことをしたんだと思っていたら、翌日二人からブーブー文句を言われた。しかし、私はほとんど矛盾を感じていなかった。正しいことをしたと思っていた。芥川龍之介の「羅生門」では善人が悪人に時間をかけてなるのだが、中学生などという生き物は悪人から善人に瞬時に変わって自己統合性を失わない。ほとんど狂気に近い。ちなみにU君の兄はどこかの構成員であったらしい。私は彼から仁義の切り方を教わっている。「お控けーなすって、てまえ生国と発するところ関東です」というやつ。それから「鳥居の中で見る月も厠の中で見る月も月に変わりはないけれど、変わるはおいらのこの身だけ、ガキの頃から手癖が悪く寺の賽銭、飴で釣ったが始まりで、明けて十九の春先に、年増おんなに見初められ、巾着切りに身を固め、……金波銀波の荒波越えて男が渡る六郷橋」これは「白波五人男」の冒頭かなにか、これもなぜか、覚えろと言われ覚えた。近くの畑の西瓜を取ってこいと言われ取ってきて一緒に食べたこともあった。窃盗罪。U君は頭も良く、県下一斉テストで私を抜いて校内で一番になっている。しかし私と同じ高校には入っていない。何らかのマイナス考慮が働いている。実はこの二人の兄弟は、一〇年のちに車で壁に激突して二人ともいっぺんに亡くなっている。私は事故現場にも足を運んだが、どうしても理解不能な見通しのよい緩い右カーブで横断歩道のある下りの広い道路だった。また母親は昔、若い男と失踪して、また出戻って来ている。親父さんはまじめ一方の郵便局員だった。強姦計画当時S君もU君も自分もそれぞれまったく異なる心でいたと今分かる。U君は強い家庭内のストレス、S君は異常な欲求、私は意味不明の好奇心に囚われていた。強姦計画がもし実行されていたら今の自分はいない。

当時、私は陰でエロ田杜彦と呼ばれていた。不名誉な名前だが、みんな私にシモの相談をした。「陰毛がダイヤ型に生えてきて兄は逆三角型で、自分は正常なのか」とか「男なのに乳首が硬くなって大きくなったような気がするが病気か」とか、私は聞かれるたびに保健室の思春期対象本の「相談コーナー」や図書室の「ヒトの成長」という本などから調べては教えてあげていた。みんなそれなりに真剣に悩んでいたのだから、私の陰の名前はもう少し感謝する名前にしてほしかった。

また次のような夢を見た。私が嵐のような経験をしたのは相手が姉だった。姉と私は仲が良かったが、つい半年前まで髪をつかみ合って喧嘩する子供同士だった。嵐の直前の記憶として、姉におんぶされたまま姉もうつ伏せでうとうとしてしまったことがあったが、その時自分の身体の一部が変化していたことを覚えている。眠りに落ちる快感以外の快感があった。そしてある日の夕刻、姉がシュミーズ一枚でいるのを見た瞬間にタックルした。姉は本気で抵抗し、そこには怒りがあった。その怒りに対する恐怖とそれを凌駕する強い衝動、しかし何をどうするのかまったく分かっていない。羽交い締めみたいな格好で二人で畳に転がっていたと思う。姉の抵抗する力が全身から突然抜けるのと兄が「なにやってんだ」と部屋に入ってくるのが同時だった。私はハッと自分に戻った。自分が何に支配されていたのか、それは支配なのか、自分自身なのか、とにかくわけが分からないまま、とっさに「自分は生きていてはいけない」と思った。涙がずっと止まらなかった。姉の身体から力が抜けた瞬間に、不思議に姉が怒っていないことが感じられた。この時の様子を回想すると、いつもカエルにタガメが組み付いている映像が浮かぶ。タガメの強い力と抵抗できないカエルの姿。私は部屋を飛び出し、壁を伝って家の屋根に登り、ずっと泣いていた。どうやって死んだものだろうか、ということだけを考えていた。やがて涙も涸れて屋根を下り、あてもなく歩き出した。たぶん裸足で。二時間くらいはさまよっただろうか、なぜか新幹線の陸橋に来ていた。何台も下を通過する新幹線を見ていた。フェンスをよじ登ろうとしては、恐くてやめた。結局死ぬことはできず、友人宅に向かった。深夜だったろう。友人は少し驚いた様子だったが何も聞かず泊めてくれた。六〇を越えた今までもその理由を聞かれたことがない。感謝している。やがて夜が明けて、翌朝早く家に帰ると家では大騒ぎになっていた。兄がさんざん怒られたらしい。一晩中、帰ってこない弟が気にならないのか、と憤る母の思いはよく分かる。翌日のその日、学校があったのか、休みだったのかその日の記憶がない。誰とも会話を交わしていない。私は一睡もしなかったその朝どんな顔をしていたのだろうか。いつ寝たのだろうか、その後どうやって立ち直ったのか記憶がまったくない。その後、姉はシュミーズ一枚で家の中を闊歩しなくなった。

やっとカエルまで到達。次にオタマジャクシに入る。私の初発射は昼間に発生している。日曜日、家には誰もいなかった。当時父が読んでいた週刊誌のグラビアを見ていた。Mジュンという歌手がミニスカートで微笑みかけている普通のショットだ。突然、腹ばいだった臍の下で大噴火した。腹には熱感があり、頭頂を突き抜ける痺れ、わけも分からず、腹を再び床に擦りつけるとまた痺れ、痙攣するように何度もくり返した。「猿の千擦り」状態。驚いたが、気づけば下着がメチャメチャだった。すぐ着替えた。下着を洗濯籠に放り込んだ。母が後で見ることなど予想すらできていない。以後、今まで、この欲求とのお付き合いは長い。

またしばらくして、私は自分の子孫を見たくなった。子孫の「素」を。家にあった顕微鏡で見ることにした。プレパラートに採って覗いてみた。ブラウン運動の百倍の速度で動いていた。その狂気じみた鞭毛は「生きようとしなくても生きてしまう」と叫んでいた。この経験がのちのち女性と付き合って、完璧な避妊を目指す遠因だ。しかし、時間が経って乾燥してくると弱まり、やがて動かない者が出てくる。意外とはかないヤツでもあるのだ。一応、兄にも見せてみた。兄は弟の探究心に感心しながら、その変態性に顔をしかめていた。

厳重な鍵・添削

家を出るとき、冷蔵庫を除くスイッチを全部オフにする。忘れがちなのは汲み上げポンプ。半二階ロフトにあり失敗すると洪水騒ぎになる。換気扇・エアコンも忘れがち。電子レンジのコンセントも抜き忘れる。バスルームの電気も点けっぱなしになりやすい。窓は閉める。アルミサッシだが、レールはあるが車輪がないようで、開け閉めにギーギー音がして一苦労する。窓の鍵のラッチ部分にも2㎝の隙間。容易に窓は外せそうだ。家の鍵は三箇所ですべて南京錠。奇人S氏によれば、あんなものは金槌で簡単に壊れるそうだが、厳重である。ドアに二箇所、階段を下りた道路に面したところにひとつある。この最後のひとつがよく見ると、軸径1㎝あろうという南京錠の軸が微妙に曲がっていて、施錠に高度なテクニックを要する。鍵を一番奥から1㎜手前にして曲がった軸も1㎜緩めてから閉めないと閉まらない。これにも慣れた。部屋のドアに取り付けられた鍵はスライドバーを軸受けに通し、レバーを下げて突起にはめて突起の孔に南京錠で施錠するものだが、軸受けに通した段階で、すでにドアは開かなくなる。中にいる人を外から閉じ込めることができる。内側も同じ構造になっていて、中から閉じるほうは帰宅するとすぐ閉める。先日、ぎっくり腰になった時に、専属運転手氏が一泊で介助に来たとき、すぐにはドアに行き着けず、「ウェイト、ウェイラミニ」というのに、無理やり押してドアが壊れるかと思った。軸受けにバーが食い込んで軸受けが少し変形した。運転手氏は構造は知っていると思うが、私が死んでいるかと焦ったのかもしれない。彼は心優しい人間であるから。

現在は雨季で日本の夏の長雨のようで、暑さも弛み、多少過ごしやすい日々である。雨は毎晩降る。昼も降る。湿度は耐えがたいが、気温は優しい。学校のエアコンの中では何も苦痛はない。

学校ではまず、日本からのメールを確認する。大学からの要請があればすぐに対応する。次にこちらの大学の先生が訳した「志望理由書」日本語訳を添削する。コツは拙さを残すこと。完全な日本人の文章は求められていない。一種高校生への添削に近い。高校生の論文や感想文で入賞するものは一流の作家の文章に似た作品ではない。どこかに幼さや浅い認識を含みつつ、新しい視点や感性を感じさせるものが選ばれる。あまりに見事な作品はどこかで聞きかじったプロの台詞の二番煎じであることが多い。こちらから事務員が発信する日本へのメールにも目を通す。「日本語訳は、事務所で見つけませんでしたので、送って下さい」これで良い。

授業はN5N4でひらがなを卒業した者が対象。昨日はひらがなを終了したばかりの者をイレギュラーで教えたが、たいそう難しかった。歌「むすんでひらいて」は成功だったと思う。平常の授業は指導案を参考に。授業は今のところ週二回各一二〇分。来てすぐに時間割を組むように言われたが、当時いた日本語に堪能な先生に実情を聞き、その人の言うように組み直した。自分の授業を入れすぎて自己破産した。留学生派遣のエージェントの仕事が忙しい。その後、日本人講師が加わり、ほとんどを肩代わりしてもらった。しかしその方も体調を崩し、後日、日本にカムバックした。今は現地の二人の若い講師に頑張ってもらっている。

再び仕事を問い直す

来てすぐに口にできなかった問い。「どうしてこの国に来たのか」「来てしまった」とはもう言わない。偶然ではあるが、決めたのは誰でもなく自分である。覚悟が甘かったとも言える。「甘さ」は経験と認識のずれ。認識は「開発途上国に観光に行くのではない。生活することに興味があった」だから来た。しかし、身体と心がついてこなかった、ということだろう。「苦労は若いうちに」という俚諺は嫌いだ。老人も苦労するのが良い。今回の苦労、主に消化器系の適応と言語喪失、ほとんど唖者からの出発。この二つについて事前に知っていたら来なかったに違いない。苦労を、その内容を真に知りながら挑む人間はいないだろう。経験で測り得ないから「苦労」であり、シャレでなく、「未知」が「既知」になるのが「道」なのである。

先日のテレビで、日本人で洋書を耽読しながら「豆腐作りの神様」と呼ばれる齋藤某氏という人の話を観た。彼は三代続く豆腐屋、早稲田の政経を出て紆余曲折し、シェイクスピアの台詞を引用しつつ、「甘さ以外のうま味を知ってほしい」「一番はひとつではなく多様です」と言い、「意地ですね、それもあります」と語った。この「意地」一言に含まれるのは、普通は意志の強さと言われるものだが、人は心の中で「これはやってみようと」いう何かを思いついてしまった時、それが何なのか形となって表れるまで追求をやめずに続けるという特質を持っていて、彼の場合は「にがりの二段仕込み」という究極の技に無限の可能性を見ていた。
では、私の場合は、何と言うべきか、「教えることとの創造性とその苦痛の中にある歓喜の種」、幻想かもしれないが、そんなことを思っている。最低二年はここMM国にいようというのも自分で自分に課したことだ。入院し回復して、またMM国に戻った時、旧友からは「不死鳥」と言われ、またの友人からは「尊敬」の文字をいただいた。ありがとうございます。私の場合はただの頑迷とも言う。

日本の社会が固まり始めて四〇年ほどが過ぎた。東大の安田講堂の陥落がピークだった。あるいはあれが、今の閉塞社会の始まり。何をやっても少しも変わらないような社会、一人の力が極端にミクロ化して見えるのに、個人主義が百鬼夜行しモンスター化している。どこに行っても大きな歯車のひとつになるしかないような社会。そしてグランドデザインを描くのが日本人は下手。みんなで努力しているのにどこへ行き着くのか誰も知らない。みんな他人のせいで投げやり。そして、強い不安感。ほとんど全国民的神経症。結果、現れたのは、新幹線は時速210㎞で走って事故はなし。日本中に安全な水が溢れ、日本食は世界の注目を集める。細部にこだわる日本人ならではの奇跡。この行き着いた効率と安全に国民誰も文句はない。アジア初、世界初、高齢化のスピードも世界一。しかし、物事の帰結には「かなめ」があると思う。「かなめ」はひとつではないが、そこがしっかりしているのだと思う。いくつもの「かなめ」があって新幹線は止まらずぶつからず、水はいつでも飲めるのだと思う。

全体像や未来予想図は幻想かもしれない。そんなものはもともとないのかもしれない。今までも、いかに多くの誤謬で、間違いだらけの予想図で世界中の歴史は進んできたことか。目の前にある仕事を天職と心得て精進しよう。そう思えなくなったら止まって考えよう。きっと、あなたが「かなめ」だよ。ついこの前までの職人気質といえば、それぞれの分野で自分の技術に矜恃を持って生きることだった。

日本語教師、この仕事の限界は日本の企業進出の後塵を拝する点だ。私の属する大学が入管法の瀬戸際にいる現実だ。しかし、目の前にいる学生は、ごく一部を除き日本への夢と自分への希望に溢れている。ここで私のすべきことは、誠実に彼らのサポートをすることに尽きる。日本はついには「不戦の誓い・交戦権の放棄」を死守すればよい。近代の生んださまざまの基本権も堅持しながら、一人ひとりが目の前の課題に取り組もう。日本国は全然革命的な国じゃない。保守的な国だ。でも、おかしいことはおかしいと言うことはできる。ネットの不寛容性は除き、敗戦のお陰か、自省心は自虐的と言われるくらい高い。間違ったらやり直せ。

この今、座っている椅子もいずれ引き継ぐ。後任者に少しでも良い仕事をしてもらうための努力を惜しまないようにしよう。

朝鳴くトカゲ

朝は七時起床、散歩最小一街区、八時朝食、九時前に出発。最近、六時に目が覚めない。七時を過ぎてしまう。どうしたことだ。

今朝「キャゥキャゥキャゥ」という結構高い声で目が覚めた。トカゲの鳴く声である。鳥がどこかにいるとばかり思っていたが、つい先日知った、二匹のトカゲが壁に貼り付いて鳴き合っていたものだ。トカゲと言ってもイモリのような生き物で、皮膚が半透明の茶色、目は小さく真っ黒で愛嬌がある。次に窓の下から御詠歌が聞こえてきた。女性の声だ。尼さんの行列が通る。少し出るのを遅らせる。このところ朝は雨も多く散歩中止もあった。

隣家と共有の玄関先はいつも子供のサンダルが四、五人分溜まっているが、明かりがなく、見えない。踏んでしまう。階段を下りる。下りて外に出ると、30㎝角の壁板のようなものが落ちて微塵に散乱していた。先日、上を見上げたときに危ないと思っていた軒板の崩落が、昨夜の雨で起こったもようである。けが人はいなかったのだろうか。いつもの最小一街区を歩いて眠けを覚ます。少年が水を汲んでいる。大きな貯水槽がそこにある。小さな屋台のおかみさんたちが準備に余念がない。鶏肉を売るインド系の大柄な女性が足を開いて座っていた。見ないようにした。鶏肉はまるで鳥の姿のまま鳥肌（とりはだ）羽根なしで、首から血を抜かれた形で売られている。それに買い手がつくとその場でブツ切りにして渡すのだ。表通りに出る。いつもの煙草屋、椅子に座って新聞を読む男性。担いできた天秤を置いて麺類の屋台を始める人、七輪に赤い炭が熱を放っている。「観音寺」と書いた仏教施設の中にはいつでも簡易ベッドのようなものに横たわる人とその奥に電飾を背にまとった仏陀が鎮座。コーヒーを飲む人もいる。また角には煙草屋。曲がると私の部屋の路地裏が、醜く生ゴミの箱のような姿で現れる。下水が溜まっている。そこに地下水の汲み上げパイプも見えている。きっと混ざらないようになっているのだろう。帰ってからテレビをつけ、ＮＨＫを観る。昨夜と同じ番組だ。また観たりしながら食事を取り、できる

日は掃除をし、出る。道には鼠の死骸、犬の糞、通りすがりのサイカーのおじさんが赤茶色の唾をベッと吐いた。噛み煙草だ。駐車場からそのビルに入る。MM国では二階を1 Floorと言う。一階はGroundという。つまり、階数はプラス1なのである。この駐車場が浸水する。くるぶしぐらいだが、ゴミと油が浮いていて不潔だ。足に傷があるときは要注意。でも、しかたがない。サンダルを脱いでズボンの裾をまくって歩く。階段でサンダルを履く。学校に着いてしまえばもう安心だ。学校と言っているが、一〇人家族が住めるようなマンションの数室を教室に区切って使っている。トイレは三つある。施錠はしないが、施錠できる部屋が三つある。ちなみに隣家はヒンドゥの家族が住んでいる。

授業中ずっと雨の学校が終わったら、夕方の散歩をする。運動といえば歩くのみ。腰痛防止には運動しかない。散歩はストレス発散にも良い。外に出てみると、裏道なのに今日

水没するヤンゴン。年に数回こうなる。だが、すぐに水は引いてしまう。

は車が渋滞していて、歩行者がその間を縫って歩いている。おかしいと思ったが、公園を目指した。表通りに出るところで水が膝まで溜まっていた。なんとあのクローム色の重金属の川が氾濫して交差点が通行不能になっていたのだ。ミニスカートのお姉さんが裾を濡らさないで歩いていて不思議だった。スクールバスが無理矢理通って波が発生、あわや露店の揚げ物がすべて波にのまれるところだった。やむを得ず散歩は中止。ロンジーをまくって一段高い歩道に上がり、一街区で帰って来た。膝まであの水銀のような水に浸かっていたのだから、すぐサンダルごとシャワーで洗った。日本だとしばらく、そこいら中ドブ臭くなるのであるが、どうもそうではないようだ。

それから食事の準備をして、九時半には寝るようにする。そうしてお茶など水分を好きなだけ取る。これは実は私にとっては快楽のひとつ、というのは幼少時、私の夜尿に悩んだ両親は、私に入眠数時間前からの水分の摂取を禁じていた。それがいまだに身についていて、我慢するように身体がなっている。それを破るわけである。すると自然に0時頃尿意を催して起きる。そこで地下水汲み上げのスイッチを押すというわけだ。七分後に消して眠ればほとんど睡眠ロスがない。一応、一一時半以降がこの部屋の取水可能時間になっているが、まったく水が取れずに、一度消しては一〇分待ち、消しては二〇分待ちというようなこともあった。そうなると夜中一～三時間起きてしまうことにもなる。そういえば昨日もそんな最悪の晩だった。夜中に必ず起きて地下水を汲み上げなければならない、この条件は、なかなかに厳しいものがある。

給水遮断機

昨夜はかなりの雨だったが、今朝は止んでいた。胃腸のぐあいがイマイチ。過食のはずはない。遠回りしていつものスーパーが開いていれば寄ってこよう。湖には湖畔に沿って桟橋が渡してあり、格好の散歩道だ。少し前、途中数十ｍにわたり改修されていた。された当初はよかったが、すでに壊れ始めている。材木を表面も粗いまま、とにかく防腐剤だけを塗って、釘で繋いである。これでは長持ちしない。材木がもったいない。とはいえ、たくさんの人が利用している。湖の真ん中には噴水さえある。桟橋からは向こう岸に建つホテルのプールなどが見える。そこにいる客はみんな白人である。一泊１２０００円よりとのこと。私の月の生活費の半分だ。公園を出るとロータリー式の大きな交差点だ。中央には小さな塔があり、蓮の花のような造形物が乗っかっている。仙台市内で信号機のないロータリー式の交差点を実験的に作ると言っていたがどうなったのだろう。信号をすべてなくすと事故が減るという説もあるが、東日本大震災の時は、道路は信号が一斉に消えて交通はマヒした。そして大渋滞、そして津波だった。散歩を終えて家に着いたのが九時五〇分、今日もよく歩いた。

帰宅して酢の物を作った。野菜は水洗いはせず、あらかじめ重曹水に浸けておく。人参を千切りにする。スライサーは刃の手前に三角の縦割り刃のついた優れもの。キュウリも千切りにする。皮は固いのでピーラーで剝いて置き、真ん中の種を残して千切りにスライスする。多少種が入っても気にしない。大きめのパプリカをそのまま底の部分からスライスする。種が入る手前で止めて芯ごと付け根部分も取り除く。この種は入ると食べにくいものになってしまう。芯を取った後のパプリカの輪切りは難しく、ここで親指の爪を損傷、血は出なかったが生爪近くまで縦に割れた、痛い。カットバンと手術用みたいなゴム手でしのぐ。続いてワカメを水で戻す。全部混ぜる。生姜を擦る。レモンを実だけ取る。こちらのレモンは種がいっぱい入っている。少々面倒。小粒のレモンもあるが、もっと面倒そうだ。酢と砂糖を同量、顆粒ダシを加える。さっき混ぜた野菜とワカメに全体にかけて混ぜる。密封容器に入れて冷蔵庫に。二〜三時間でひっくり返す。やがてできあがり。今日は青梗菜のおひたしとナスの醤油漬けにも挑戦。おひたしのキモは茹で時間、四分。醤油漬けは初挑戦。ダシと水を少々、ポリエチレンの袋に入れ、揉んでから冷蔵庫へ。ひと晩漬け込む。梅ジャムも作ろう。半年常温で放置した南高梅、種と果肉を分ける。果肉に蜂蜜と砂糖をほぼ同量加え三〇分煮込む。ウイスキーを微量入れた。少し苦みがあるが成功ということにしよう。梅と蜂蜜は水を加えないかぎり常温でもカビが生えない。不思議だ。残った梅の種は1ℓの水で煮込んで、冷まして冷蔵庫へ。水代わりに飲む。昼食を食べる。頭痛が起こり少し寝る。治らないので頭痛薬を飲み、良くなる。

食事を摂り、夜は給水遮断機を発明すべく気張る。もし完成すれば、給水スイッチを入れたらそのまま寝てしまってよいのだ。貯水槽がいっぱいになって溢れてきたら自動的にスイッチが切れるようにする。溢れる水は貯水槽の外壁を伝ってバスルームの床に流れる。その壁を伝う水をペットボトルの横を切り取った器で受けて、重くなったその重さで電気スイッチのレバーを物理的に下げさせようというものだ。手動全自動スイッチだ。滑車などという気の利いたものはない。ネームタグについている輪っかを滑車代わりに、天井からペットボトルを吊した。紐は洗濯ロープ。ドアの上を通してレンジの下を通して、スイッチにたどり着いた。2ℓの重さはスイッチを下ろすのに充分な重さなのに落ちない。ドア部分の摩擦が邪魔している。そこに歯ブラシの入っていたプラスティック容器のアゴ形状を切り取って貼り付け摩擦係数を落としたら成功した。しかし、ペットボトルに水が溜まる時間が給水時間より長い八分間。これを何とかしないと、吸水量よりその後の無駄に流れる水の方が多いというのはまずい。課題は続く。結果、夜二時から四時まで起きていた。また頭痛になりそうだ。

幼児期の記憶

最も古い記憶と思われる風景がある。それは弟が生まれる時のことだ。私は三歳八か月である。私は母のもとに行こうとして、まったく知らないおばさんに遮られた。たくさんの鍋に湯が沸いていて、その先に母がいるのが分かっているが、行かせてもらえなかった記憶である。どうしてその光景が本物かというと、おぼろげながら三和土や敷居や多くのものが巨大な記憶であるからだ。「幻滅の錯覚」を誰が書いたか忘れたが、成長後小学校を訪れた時、そのすべてが小さく感じる。という話である。自分の身体のサイズが小さかったのだ。その時、遙かに見上げた学校の肋木やシュロの木が今は人の二倍もない小ささに驚く。グランドも階段も狭い。そして、その元の巨大化した記憶は誤謬として認識され、忘却の川に流されてしまう。三島由紀夫は自分の入った産湯が日の光にキラキラしたのを覚えているという。あるいは彼は、この世に生まれ出るときの擦過痛も覚えているかもしれない。母体があれだけ痛いのだから胎児も痛いに違いない。この世は苦痛から始まり、老衰なら脳内モルヒネで幸せに終わるのだ。笑顔に迎えられ涙に送られる。

母から聞いた私の幼児期の怪我の話。ハイハイを始めた頃、縁側の丸椅子につかまり立ち、すがりついて、そのまま地面に落下。母が見つけたときは地面で口から鮮血を吹き上げていたらしい。母は動転したが、たいしたことはなく、上唇と歯茎の間の筋が奇形に曲がって付いただけで済んだという。ゴリラの真似をするとき以外そこを調べたことはなく、自覚はないがそうらしい。もし、その時の記憶が、今でも残っているならば、痛みだから覚えているはずだ。まったく墜落感も打撃痛も記憶にない。おそらく一歳半くらいのことだからだろう。

次に、近所の女の子に火鉢に刺さっていた火箸を左手の甲に乗せられたという事件。今でも一本はくっきり、二本目はわずかに残っているから、表皮は焼け落ちたのだろう。その時は泣いていない。それは覚えている。痛くなかったのではない。痛いが泣かずにいたのである。強い痛みと同時に、何かボーっとする感覚があって、ボーっとしていたのだ。これも三歳前後と思われるが、冬なので三歳半だとするとこちらの記憶の方が弟誕生よりも古いのか。どうもそれは違う。微妙に鮮明なのだ。では、こちらは冬のことなので、四歳半ということになる。

それから、私は妹が生まれ、弟が生まれ寂しがっていたらしい。母が「ボンちゃん」というぬいぐるみを作って与えたが、それは毛糸で丸いお腹と頭と手足らしきものを編んで、中に綿を入れた簡単な人形だったが、とても気に入っていた。いつもボンちゃんと一緒に行動していた記憶がある。それが、おそらく自分の不注意だと思うのだが、七輪の上にお腹を下にして置かれていて、気づくとお腹が焦げて中の綿が黒く焼けて飛び出してしまったのだった。しばらく抱きかかえて泣いていたと思う。そしてボンちゃんはその後、霊力を失って同伴されなくなってしまう。ボンちゃんと同時に「少女性」と決別した。というと格好いいが、要はボンちゃんが母の代理ではないことに気づいたのだ。人形に依存できなくなり、妹と弟に奪われた母親はかなり遠い存在という現実の中で、今でこそ妹弟は忍耐力養成の原点として感謝の気持ちしかないが、当時はあったものがなくなる「喪失」ということの大きな恐い陰に押しつぶされそうだった。これが今も残る寂寥感と感傷性の原点である。ボンちゃんも三歳前後の記憶だ。

貧困の記憶も多い。隣家のみどりちゃんが竹の皮を三つ折にして梅干しを中に入れ、それをチューチュー吸っていたが、当時のそのおやつが、我が家にはなく、駄々をこねて母を困らせた。カレーライスの最後の鍋の壁に残ったルーにご飯をいれて食べ、食べ終わって鍋を舐めて叱られた。姑息な生存手段としては、母が兄弟平等に同じ量のおかずとご飯をよそって並べた後、素早く自分の器からつまみ食いをして、その後、兄の皿とすり替えてから、みんなでの「いただきます」を迎える。こんなこともしていた。つねに兄は被害者だった。土筆を抱えるほど取ってきて袴をひとつずつ外し佃煮にしたが、食べるときのかさが、収穫時のかさの百分の一に減る。「のびる」という極小の野生の玉葱もよく食べた。そのまま少量の味噌をつけて食べた。栗拾いにも行った。近くに丹波栗の林があったがそこは入ると怒られた。野生の小さい栗専門である。靴で踏んで実を取るのに熟練が必要だ。ドングリも食べたことがあるが、渋みが強く耐えられない。三〇分は口に残る。蜂の子も食べたことがある。生はミルクとチーズの中間で、乾燥したものは胡桃に近い。アケビはご馳走だったが、もう天然物は少なかった。山芋も取るのに専用の長いノミが必要だが、使いこなせなかった。当時の自然薯は擦るとすぐに黒くなり、今のヤマトイモの倍くらい粘度が高く手や顔に付くと赤く腫れた。味噌汁で溶いて食べても絶品だった。スカンポという茎が中空でただ酸っぱいだけの雑草もよく口にした。小さいススキのような草の綿毛も口に入れてガムだと言って噛んでいた。鶏を一羽飼っていて、毎日卵を収穫した。はこべを取って来ては与えた。ザリガニを捕ってきた翌日は、黄身の盛り上がった特上の卵で、とても美味しかった。卵がない時、ご飯に醤油だけをかけて食べるのが好きだったが、それは母に禁止された。醤油を一升飲んで瀕死状態になり、兵役を逃れた話をその後聞いたが、その時はまだ、ただ叱られただけだ。しばらくして鶏は鳥屋がやって来て絞めたが、私が見たときはすでに逆さに吊されておとなしく血を抜かれていた。その鶏肉を食べた記憶がない。あるいは母が嫌って絞めた後、売ってしまったのかもしれない。さつま芋は好きではなかった。当時のさつま芋は今の牛蒡と思ってもらえれば近いかもしれない。ずっとずっとあと、自分の子供と焼き芋を買って驚いた。黄金に輝く別の食べ物だった。木イチゴという山吹色の木の実もたくさん食べた。桑の実は甘くなく、口中紫色になるので好きではなかった。

実はうちには苦いチョコレートがあった。常々、母は、「これはとても苦いものだから子供は食べてはいけない」、と教えた。食べると鼻血が止まらなくなるとも付け加えた。強く脳裏に残ったため、今でもチョコレートの茶色い包み紙を見ると一瞬苦いと思ってしまうのだ。現在、妹の家に残存する当時のままの桐のタンスを見るたびに、この一番上の引き出しに褐色の毒物が入っていると今でも思うのだ。また、肉などというものは高校生になるくらいまで貴重品だった。人気のコロッケ屋が近くにあって小学校時代に算盤塾帰りに、時々買って食べたが、挽肉と思ったらジャガイモの皮だった、というくらい肉はなかった。中学で柔道、高校で器械体操に没頭したが、筋肉はもっぱら米で作った。一日五食、炭水化物のおかずに米だった。プロテインなんてなかった。月餅という黒ごまの餡で作る菓子を、大事にしすぎて、机の引き出しの下の秘密の場所に保管して、腐敗を招き食べられなくなったとか。今でも我慢しすぎて食べられなくなる結果に至ることがあるのは、当時の飢餓感がトラウマになって起こるのだ。

父の夢

たくさんの若い人が空を飛んでいる。みんな10mくらいのポリエチレンの買い物袋を両手に持って、その二つの長い袋に風を孕ませるとスーッと飛び立つのだ。私も真似してみたら気持ちよく飛び立った。山肌をなぞるように飛んでゆく。高圧線がある。上手に避けていく。ひとつポリエチレンが真っ黒焦げで引っ掛かっている。人はいないようだ。やがて森林に近づき、上手に着地する。そこは地面が露出した崖で、木の根っこに大きなミミズが這っている。30cmはありそうだ。蛇腹の部分と光沢のある縮まない箇所とが見えてリアルだ。すぐ近くには、あまり人格を感じさせない少女が佇んでいた。この夢はここで終わる。続いて、父の夢を見た。実は、かつて父の夢を見た記憶がない、というか、あるのだが五〇年以上前だろう。父は死ぬ前、死ぬ一〇年前から極痩せていた。もともと痩せていたが、棺に入っていた父を見て妻が言った。あんなに痩せた人は見たことがない。もちろん老衰が死因の場合、という条件付きだろうが。父はもともと骨皮筋右衛門と言われていたから棺に入った父も痩せていて当然と思っていた。ところが夢の中の父は異常に肥っていた。相撲取りみたいな体格で風呂に入ろうとしていたが、入ったとたんに水が溢れてほとんど水はなくなってしまった。笑っていた。こんな父は見たことがない。別の人かといぶかりながら、やはり父だと思って見ていた。

空飛ぶ夢は、もちろん「性」が関与しているが、わりとわたくしは分かりやすい性格と言えるのかもしれない。飛んでいた人の多くは若い女性だったし、触覚硬化も起こっていた。最近、生徒に授業を教える時間が減って、夢に出てくる人格まで希薄化してきたことは遺憾だ。ミミズも分かりやすい。蛇ほど強力ではなくなったということか。

父の他界に際し、妻の放った言葉が引っ掛かっていた。かつて「餓死が最も美しい」と父が話したことがあったから。首を吊ると肛門も膀胱も弛緩して下が垂れ流しになる。睡眠薬も嘔吐が生理反射で起こり枕を汚す。飛び降りも悲惨なことは想像がつく、というような話だった。父が死ぬ前に病院で読んでいた本の中に、ラマチャンドランの興味深い本もあったが柳美里氏の著した「自殺」もあって、その本は遺品として私がもらって持って来たが、つい最近まで恐くて読めなかった。一〇年以上経って読んでみたら、それは決して自死を導く性質のものではないことが分かったのだが。私は、父の死が病院での自死という可能性をずっと感じて封じてきた。父が昇天した時に、私が最も強く念じたことは、「どうか静かに逝ってください。怨念が残りませんように」という祈りだった。

父と母との確執で、私が最も強く記憶していることは、私が幼い頃に父が浮気をしたことである。母親もどきの記憶が私の中にはあり、つまり、もう一人私には母親がいて、その人は本物の母親の数倍優しく小綺麗で飴などもくれた。そして本物の母親は私が成人を過ぎた頃から「おまえは父親そっくりだから必ず浮気をする」とことあるごとに言った。結婚してもずっと言い続けていた。今となっては私は必ずしもその点父親似ではなかったと言えるし、母も私に対してというより、むしろ自分の中で未消化であることの母自身の発露であったと今の私は思うようになった。それはそうだろう、六人も子を産んで育てているのに、その間に他の女に現をぬかされたらたまらない。その母と言うより女としての強い恨み節に私は恐怖を感じていた。ある時、家族みんなでボウリングに行った。当時はまだ流行し始めで、家族のだれもやったことがなかった。その折のこと、となりのレーンに専用のハンドプロテクターを身に付けて一人で投げている壮年の人がいて、その人がなぜか母に教えるようになっていて、その時の父の反応が「道化」じみていて痛々しかったことだ。母は少し父に見せつけるようであったし、父は動揺を隠していることが子供心にも分かった。その時は父に憐憫を感じた。

その後、父は金銭に関して二件の問題を起こしている。一件目は兄の結婚披露宴で祝儀すべてを持ち帰ってしまった事件。披露宴は山梨県で行われ、自宅の神奈川県に帰る途中で母が気づいたが、その日はもう山梨県には戻れなかった。故意か不注意か母は詮議すらせず、強い義憤にかられ父をなじったそうだ。もう一つは私が家を建てた時、公庫や共済から借りたお金を建築業者に支払う業務を父にお願いした時、千数百万円の内、七万円の誤差が出たのだ。業者からの連絡を受け、父に確認すると手数料としてもらったと言う。当時、日歩五千円ほどの延滞利息などが発生する前に、すぐ補填はして家は建ったが、その経緯は業者にも妻にも話していない。これも母に言わせると確信犯らしい。このような父の性格は、母説では母子家庭にあるという。あまりにも厳しいおばあちゃんの元で育った結果らしい。父は生前、自分には父親がなく、自分が父親になった時どのようにふるまっていいか分からなかったと述懐したこともあった。また、父は死の直前まで病院の食事内容を記録していた。それが突然、字が乱れて読めなくなる。その数日後に亡くなっている。これが決定的に自死を否定している。食事を自分の意志で摂らなくなっていったとは考えにくいのである。川端康成の死について、川端康成は確実に自死だと私は思うが、山口瞳という作家が川端の死に関して、創作意欲の枯渇を認めながら、書家としての可能性はこれからだったと夕刊フジの連載のエッセイ「酒呑みの自己弁護」に書いていたのを思い出す。人は自分の可能性について自分で分からないことも多いのではないか。かくして父は尊厳死協会に入っていて、一切の管を身に付けず死んでいった。どこか屈折した父の怨念がこの世に残らないように冥福を祈るばかりだ。

夢に現れた父は、そろそろ父の亡霊から私が解放されていいことを示している。父が旅立った時、母はすでに半ば植物化した状態で、父が亡くなった事実を説明し理解させることを、子供たち全員あきらめた。母が倒れた時には、父はまだ元気で不動産に関する地主とのトラブルは未解決、というより父の土地に対する異常な執着に周囲がどうにも解決が見えない状況があった。そこでの母の言語喪失と半身の不随が起こる。夫婦にとって不幸な決別の始まりである。母が地主との解決を図ろうと話を進めて、もう一歩で解決転居、というのを父が二度三度とひっくり返している。弟も絡んでいる。そんな中で母が倒れた。父が倒したようなものだと思った兄弟もいた。それから母は半身不随、言語喪失で一〇年以上生きる。その間に父が逝ってしまうのである。

はからずも、私の妻のお父さんが亡くなった時、妻は「こんなに早く逝くのだったら、ばあちゃん（妻の母親）も、もっと優しく接しておけばよかったのに」という意味のことを言っていた。子供から見れば、本当はもっと仲がいいはずなのにということだろう。本人たちより子供たちの方が客観的に違いない。

さて、自分は妻に感謝の言葉を言っているだろうか。自分のこととなるとなんとも心許なくなってしまうのは誰もそうなのだろうか。

土曜休日

六時に帰宅。入管の問題で留学生書類が滞り、残業が続く。明日は土曜日だが休日。満月の日はMM国では特別な日なので、土曜日と重なると休みになる。土曜は七日に一回、満月は二八日に一回だから、あれおかしいな、次の月齢満月は三〇日後になってる。二八日ではなかった。月の楕円軌道と関係があるのか、ということで、遂に宿舎の前の寺院で徹夜の読経がスピーカーから流れ始めたのだ。テレビの音量を100、最大にしてなおドラマの静かな台詞が聞き取れない。この音量ご理解いただけるだろうか。やむなく椅子をテレビに近づけて見る。イスラムやヒンドゥはこのスピーカーの支配圏から離れていられるのか、耐えているのか、自然発生的に、時間をかけて住み分けがなされているのか、分からない。95％くらいが仏教徒だというが、イスラムもヒンドゥもよく見かける。5％とは思えないくらい見かける。ヒンドゥは額に赤い点、イスラムは白く短い帽子ですぐ分かる。イスラム女性は、目以外の顔全体を覆っている人はごくわずかだが、頭巾をかぶっているし、ロンジーとはちょっと違うワンピースみたいなものを身にまとっている。その生地模様も異なる。ヒンドゥで金持ち風インド系もよく見る。その女性たちの半数は臀部の発達が著しい。所謂、小錦型で南方ポリネシアがルーツだろう。スピーカーは夜半一〇時半ごろ止まって静寂が訪れた。幸いである。テレビのボリュームを下げた。

就寝後、翌早朝五時寺院の放送が再開された。朝の睡魔を払って、しじまを破る音。しかし、これも八時に終了。静かにテレビを観ているとスコールが遠くからやって来て轟音となり、テレビ画面も「No Signal」の表示、仕方なく消す。パソコンを起動してジャズを聴きながら優雅にコーヒーを喫する。停電が来るかもしれないがパソコンバッテリーは充電終了を示している。我がパソコンはT芝製でニュースによれば、充電器が発熱発火するおそれとのことだが、少々熱くなることはあってもまだ発火はしていない。コーヒーは一袋ずつ別々になっている簡易ドリップ式。インスタントでもよいのであるが、小さい瓶でさえ、多湿ゆえ全量使用前に粉が底でカチカチになるし、苦くて飲めなくなる。一回の消費が少ないせいもある。そこで簡易ドリップ式、これは美味しい。特に某専門店Kはお勧め。日本で買い占めて持ってきた。「Mild」も「Roast」も良い。こんな時はエアコンは30℃つけっ放し。26℃だとやがて寒く感じるが、消してしまうとベタベタする。本当は「DRY」設定をしたいのであるが、これが急に寒くなって「DRY」ではない。

最近、無痛排便の快感がない。排便時微腹痛がすでに一週間近く続く。昨年はこれがすべての不幸の始まりだったから、非常に慎重になる。朝食に問題はない。やはり昼食だ。辛さゼロの日はない。露店ものかどうか観察する。直接ビニール袋に入ったスープ系はまず避ける。校長自作のものは大丈夫だが、当然のことながら鰹節・醤油味じゃない。ナンプラーとはまた違った魚醤類であろう。これを味のベースに、今、日本の即席麺メーカーがMM国での拡販をねらっている。徹底した地元味戦略でベトナムでのシェア50％を実現した会社である。その会社には日本人向けも本気で作ってほしいと要望したい。高温で味が劣化しない商品をお願いしたい。そして微腹痛対策は二つ。クレオソート丸糖衣を三錠のところ二錠飲む。次に確信の持てる日本食レストランで、日本米を充分に摂取する。米が薬である。来緬してひと月半、踏ん張りどころである。

S氏来校

久しぶりにS氏が来校した。この学校の立ち上げに主導的にかかわった人物である。MM国で日本語を教えて生計を立てている。その日は多忙で、次の日飲むこととなった。「あないも」という日本料理店である。バンコクでS氏と入った店と同じだ、と思って行ったのだが、バンコクは「いもや」だった。店の四十代の店員によると、こちらは「煮アナゴ」と「芋焼酎」が看板メニューで「あないも」らしい。日本に本店はないという。軍隊俗語で「あな」はさておき、「芋」とは「little boy」のことである。そのお姉さんと話す。旦那は酒のせいで身体を壊して働かず、一二歳の娘を育てているという。毎朝の弁当作りが大変だと語った。お姉さんは、薹が立ってはいるが、目がクリクリして可愛らしい。S氏がツーショット写真を撮ってくれた。S氏と二人でビール数本とレバニラ、蓮根の挟み揚げ、もろきゅうな

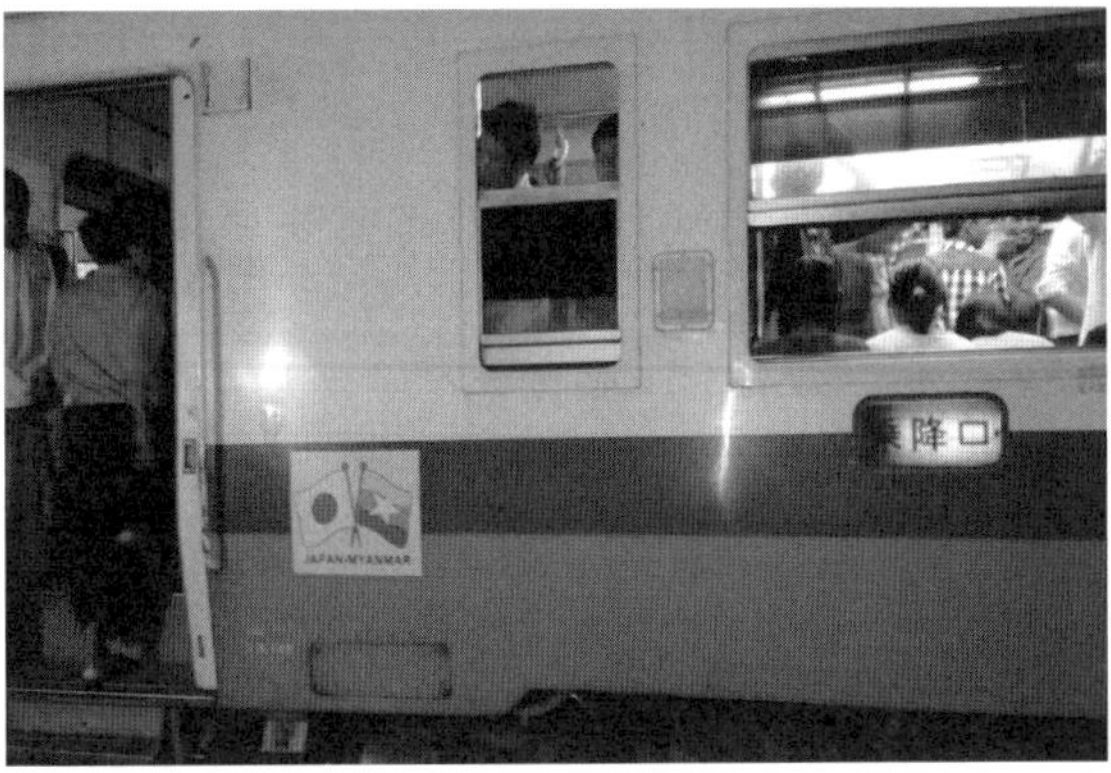

「佐世保」行き電車。日本の旧車両も大活躍。

どを注文する。この店の料理もアヤしくない。大丈夫だ。六時から飲み始めて九時半閉店。今日はフルムーン休日で一時間早く店を閉めるのだそうな。六〇がらみの日本人料理人が現れた。先ほどお姉さんが「五年いるがMM語を話さない」と言っていた。体格のよい人だが、S氏の知人だった。風俗店の話をして盛り上がった。私には門外漢の空気。不愉快ではないが。会計は二人で４５０００ks、高いか、安いか分からない。

店を出て、角の露店でアイスクリームとヨーグルトを注文する。二年目にして初めて露店という場所でものを口に入れる。ストロベリージュースに氷とヨーグルトを入れたものだ。イチゴは野性味溢れる固形物を破砕したものだった。ラズベリーみたいに種が口に残る。美味しいか、美味しいうちに入れておこう。問題はS氏によれば、この食器の洗浄にあるという。この店は露店だが、実は店内敷地を持つ露店で、きちんと食器を中で洗っているという。通常、露店はポリバケツ三つくらいで段階洗いをして再利用するから、下痢になる。ここは大丈夫らしい。

そして、話はMM国日本語学校のある日本人講師のことになり、一年間程度のボランティアで、資格があり、私と同じ日本での現役退職後の講師で、選抜されてMM国にいるはずなのに、ろくな授業をしていない。生徒は力がつかないことを感じながら、同情もあって出席していることに教師は気づかない。方法を変えるように提案したが聞き入れられなかった、と語った。ボランティアというだけで実際には役には立っていない、自己満足の典型だという。どうも耳が痛くなってきた。言語習得が難しい課題であることは、洋の東西を分けない。日本語をかなり勉強したMM国人がいても、日本人同士なら、彼にひとつも分からない日本語で話すことも、やればできる。MM国で私がそれをされたと感じたこともある。逆に言語の情報を抜きにしては、その表情のみからは、好意か悪意か、賛意か不同意か、程度しか読み取れない。微妙なやりとりの意味を把むことはまったく不可能である。母語はどうしてこれほどニュアンス深く脳に刻まれるのか。そして、他言語に至っては、とりあえずこちらの言いたいことは言ってみるという程度でも、一年間くらいでは修得不可能だろう。でも、それができれば第一段階クリアである。S氏はMM語の方が日本語より難しいと言っていた。MM国人は比較的早く日本語を習得する。それは日本語が母音が五個で同音異義語が多い反面、似た発音でも前後関係で日本語として成立してしまうことに原因があるらしい。また、MM語は動詞と目的語の組み合わせがほとんど一対一と言うくらいあって、とても覚えきれないらしい。まるでフランス語、ドイツ語の動詞みたいだ。

転換点

残すところ九か月、帰国すれば三週間は日本にいることを考えると、あと半年と二か月というところまで来た。いまだに一番の問題は「食」、下痢にはかろうじてならないものの、鈍い腹痛は日常、食事も昼食がコントロールできない。飽食の日本より健康的だという考え方もあるのかもしれないが、日本ではありふれたカレーライスやラーメンが気軽に口に入らないのはやはり残念だ。年齢も「まだまだ大丈夫」と「そろそろ急変注意」の狭間にある。楽しみは「飲む」「打つ」「買う」どころか釣りすらない。映画もビデオも登山もない。修行僧のような生活である。一人でいる寂しさはたしかに辛い。若い頃のように気軽に友人もできない。長生きするとはこういうことだ。森繁久弥も長命を嘆き、鬼籍の友人を懐かしみながら死んでいった。長命とは知人が減っていくことと知る、である。

けれども、どうだろう、最近、こんなに自由な自分だけの時間の日々は、生涯二度と来ないと感じ始めている。日本では仕事の質も量も、なかなか自分の裁量の範囲にない。ここではみずから仕事を捜さなければ、何もしなくても済んでしまうところがある。

まず、私は教科書のごく一部を作ろうとした。二年はかかるものと覚悟して始めたが、一年と少しで終わった。「みんなの日本語」（スリーエーネットワーク）の全五〇課の構文箇所だけのMM語訳である。フォントの問題はあるが、データ化とラミネート版も作った。先日、MM国のある日本語学校の教科書を見る機会に恵まれ、生徒から借りて読んでみると、実に立派なもので太刀打ちできないと思った。一冊はMM国に帰化した日本人が、もう一冊は神戸大学を卒業したMM国人が作ったものだ。この事務所はもともと派遣エージェント業務が主で、学校法人ではないのだから、教科書はどこかの学校の軍門に下るのも手だと思う。それから、「みんなの日本語聴解タスク25Ⅰ・Ⅱ」（スリーエーネットワーク）もいっぺんに二〇人で実施できるようにラミネート版を作った。「みんなの日本語」によらない教材使用と開発には力を注いできたし、その蓄積もかなり残したつもりである。ただ、エージェントの書類については志望理由書以外にはほとんど役に立てていない。校長の日本語に対する高度な注文にはそれなりに答え、すべてメール文として残してあるので、これは多少は後任者の役に立つかもしれない。

教材作りは奥が深いが、現場主義で試行錯誤した結果、この事務所に集まる生徒たちには合っているものができたと自負している。

「教科書以外の主な教材」

1．「歌から学ぶ日本語」（アルク出版）

2．「カナマスターA」（学校にあったもの）を使った3ヒントゲーム。（あらかじめ生徒に問題を作らせておく。）

3．時事ニュース解説「MM国への投資一覧」「日本人の自然観（難）」「ウィーン大学と熊本地震」「やきとり大吉・ズインさん」「MM国生まれの日本人高校生」「脱中国MM国」

4．「kiroro」「SMAP」の歌

5．面接の作法と質問事項（ドアをノックするところから、質問事項の答えの下書きと実施）

6．ひらがなカルタを使ったゲーム

a：カードをならべて日本語を作る。

b：カードを引いてジェスチャーで当てる。

c：カードを二枚引いて話を作る。その2「引いたひと文字を動詞に使う（難）」

7.黒板に絵を描いて「日本語しりとり」。次の人が日本語の答えを書いた上で次の絵を描く。(「ん」はその前のひらがな。「る」は自由)

8.「職業カード」を二枚引いて創作練習。始め一枚ずつの説明文を書かせて添削する。(板書可)その後で二文を無理くり接合させる。

9.「日本語eな」(NHKウェブサイト)聴解テストをそのまま実施。一名ずつパソコン一台が必要

10.ウィキペディア「MM国英語版」から「日本語でMM国を紹介します」を書かせる。

11.「日本昔ばなしアニメ絵本」(永岡書店)

12.「小学生ワードパズル」(大創出版)

これからも思いついたら作り続ける。

私事として今考えているのは、家族とは何かということである。切っても切れない絆で結ばれているが、毎日、小競り合いの連続で、どこかぎくしゃくしながら同じ屋根の下で運命を共有している。失うことでしか気づけないものがそこにはある。そして、このMM

国での生活はその日常の煩わしさだけをうまくカットして、絆はそのまま温存させる、そんな思いに囚われた。「あまりにも幸せすぎて、その贅沢から少し距離をおきたい」と言うには、我が家には少々問題が多い。妻と長女の確執に始まり、次女の幸せ半分の同棲生活や上々とは言えない三女の恋愛。そして結婚の「け」の字も恋愛の「れ」の字もない長男。もし、「知らぬは親ばかり」であれば、それはそれでよいのだが。そんな日常のごたごたをすべてスッポかしてのこの気楽な独身貴族生活からそろそろ卒業しなければならないのかもしれない。これで私のリエントリーショックにつながるのだろうか。日本に帰ってMM国は良かったなあ、などと呟くのだろうか。来年、これを読んでまた違った感慨に耽るのも一興だろう。

家族との絆

一一時半に水を揚げたが出ない。しばらく起きているしかない。シャワーを浴びたが、流水量がやや少なく、温水器をフルパワーにすると火傷する。やむを得ず目盛りを時計で言えば二時あたりに設定し戻し、省エネ運転。頭にシャンプーを少々。短髪で多くを要しない。同時に石鹸で顔を洗う。加齢臭の元凶である耳の後ろと脂の乗った鼻と首を念入りに、首から上を一緒に流す。目を開けてスポンジに泡を作って全身を洗う。最近のスポンジは多量の泡を産出する。石鹸は日本から持ってきた。こちらにもあるが、グラム数を減らして小さい。あとはよく石鹸を洗い流す。特に股間と脛、白癬菌・真菌と老齢性脛剥離粉症対策として大切だ。風呂を出た一歩目の床に雑巾を二枚置き、その先に一番安いマットを敷く。このマットは使用済み・製造端切れの繊維を無造作に編み込んだ廉価品。この濡れた足対策も重要。濡れた足で汚れた台所の床を歩いて、そのまま部屋に戻れば、寝転ぶことのできる美床を保守できない。校長はすべての部屋に新たに建材のビニールシートを敷き詰めてくれたようで、その綺麗さを保ちたいのだ。そのためにわざわざウエットシートとオールクリーナーとシートワックスを日本から持ってきた。ボトル状・液状のものは持ち込めないから、すべてビニールパック入り。少し前にアメリカ製の付け替え式モップも買っておいた。週一回弱でワックスをかけている。おかげでいくら歩いても足の裏が黒くなることはない。ただし、台所はそこまで土ぼこりを駆逐できないので、専用のサンダルが置いてある。しかし、電気屋や飲料水を運んでくれる現地の人は、もちろん裸足でガンガン歩く。当然何も言えない。掃除を頑張るだけのこと。今朝、トイレの水が出っぱなしになり貯水タンクに手を突っ込んで止めた。これも何とか自分で直せないものかと考えている。転居前の部屋ではいかに努力しても床の土ぼこりをゼロにできなかった。転居後、洗濯を全面的に依存していることも大きい。このようにさまざまな奇跡が重なって、日本の美床生活に近づきつつある。

環境も折衷してきたが、こちら人間の側の態度も変化している。例えば、ゴキブリや鼠も実害の可能性に踏み込んで来ないかぎり共存する。蚊も刺さないならば、その辺にいてもよい。蚊取り線香はひと晩中焚きっ放し。そうこうしているうちに一二時を回ったので、再度水揚げに挑戦。水が出始める。今日は運がいい。昨日の出水は一時一五分、眠りについたのは二時だった。おかげで八時まで寝坊して、初めて一時間遅刻した。そして、今日は二時間半残業、再申請の四月留学生はひと段落ついたが、一〇月生の書類書きのために午後から二〇人程度集めて、教室で志望理由書などに取り組ませた。さすがに帰る時、生徒はみな「おつかれさまでした」「ありがとうございました」と頭を下げて帰って行った。フムフムよい躾である。

今、水揚げスイッチがバチンと音を立てて切れた。自作の手動全自動スイッチが稼働したのだ。ペットボトルの側面上部に窓を穿ち、ロープで吊してオーバーフローする水を受け取り、その重さでスイッチを下に紐で引っ張って切る装置である。滑車もない中、よくよく考えてMM国にある物で作った、会心の創作装置である。

そういえば、前回の帰国で絵と写真を持ち込んだ。絵は四枚。クールベ「波」、モネ「睡蓮」はベッドの横。ルノワール「薔薇」、コルネリス「果物」は入口正面。写真は七葉、MM国に来る前に家族全員で行った唯一の旅、ハワイから四葉、ホテル志度平で我が家と佐藤家全員集合の写真が一葉、愚妻とそのご母堂のツーショット、そして愚妻一人が青い海をバックにこちらに歩きながら「海が綺麗」などと言っている一葉。これらを鏡の横のベッドの向かい側にべたべた貼り付けた。一枚一枚アクリルシートにいれ、端をグレーのテープで囲って縁取りしてあるので、一瞬、額に入っているかのように見えるのがミソ。途中でテープがなくなって一葉はアクリルのみだがそこは愛嬌。それらに向かって「おはよう」とか「行ってきます」とか時々話しかけているが、パソコンに向かって呟くよりは、いくらかまともかもしれない。それから忘れちゃいけない、孫と沖縄に行った時、黄色い大きな花を切り取らず、ただ耳の上にかざして撮った孫の一枚でTシャツになったものが、そのTシャツごと反対側に貼ってある。もう一葉忘れちゃいけないものがあった。カミサンがこちらに来た折に中国雑貨店で撮ったツーショット。これだけは小さいが本物の額に入っていて、上から吊り下げられ、紐の不具合で傾いたバランスを戻すために裏に単三電池がテープで留めてある代物。細部に拘泥る日本人としては上々の工夫であろう。

マハバンドゥーラ橋をめざす

マハ橋に最も近い一本北の橋を渡りたいのだが、寺院があって最短直線を歩けない。寺院の南に隘路はないのか、当てずっぽうに少し手前を入っていく。結局、川べりの人家に突き当たり、コの字形に元の道に戻る。雨も降ったり止んだり、ロンジーの裾をあげて歩く。また、少し手前を入ってみると電車の線路に出た。前を行く人もいるし、線路を渡った向こう側にも階段があって、向こう側の住宅の路地に入れそうだ。線路は電車が通らなければ、歩きづらいが道になる。MM国の人は平気で歩いている。まっすぐ伸びた線路の遙か先に、以前歩いたことのある陸橋が見える。方向は間違っていない。何とかショートカットに成功したが、二度来られるか自信がない。この辺は土地が低いせいか、雨季は水たまりだらけでどの家も蚊帳を軒下や外に干していた。夜に蚊に悩まされないわけがない。衛生状態は最悪と言ってよい。

やがて、いつもの日本企業の橋梁建造中の横の鉄の仮橋をこわごわ渡る。トラックとバスがこちらに向かって走ってくる。振動で私の身体が10㎝浮いて着地した。もし、床の鉄板ごと落ちたら、水面まで20mはあろう。生きていないかもしれない。橋を渡って道の左側の歩道を歩く。バスが道の水溜まりの水を跳ね上げてビショ濡れになるが、風邪は引かない気がする。それより泥水の中の砂粒がサンダルの鼻緒や踵に詰まって痛い。取ってもすぐまた入ってくる。何回も足裏を払う。やがて、マハ橋のたもとに着いた。このだだっ広い橋をひたすら歩く。誰も歩いて渡る者はいない。疾走するバス。橋は後半右に大きくカーブしているが、バスは車体を傾けて、分解しそうに疾走する。渡った方には警官の仮小屋がある。もう顔を覚えられたかもしれない。挨拶して通る。スマホでゲーム中だった。一瞬しかこちらを見なかった。今日は三人いた。少し歩いたが、ベランダで行水する婦人は、今日はいなかった。

そういえば、雨の中でシャンプーする男性を今日は二人見た。これもこちらではありふれた光景だ。橋を渡りきると「オーシャン」というスーパーが待っている。エアコンで体温を下げて水分を補給する。セール品は少ないが中間層狙いか、品質は良いし、品揃えも豊富だ。ベルトを買った。「Versace」と書いてある。出口付近と三階に椅子があるので休む。三階の中華風レストランはまだ開店前で看板だけがあり、トイレの近くも工事中のシートに覆われているが、全体として古いマーケットの暗さがまったくない。広いフロアに商品が整然と並べられている。

スーパーを出て少し歩くと、応接間の大型の椅子ばかりを扱う店が道の両側にある。奥では、今まさに制作中である。木を加工して、おがくずが舞っている。すべてが普通の大きさの二倍くらいある。重さもとても二人くらいでは持ち上がりそうもない。中国人の大柄な人用なのか、それにしても数も多い。さらに歩くと銀行の立派なビルに出くわす。人の出入りがない。その反対側の少し馴染みになったラーメン屋に入ろうとするが、五時の開店に三〇分早かった。その辺を一街区歩いて戻ると二五分前であるが、入れてくれた。ここのラーメンは美味しい。オーナーは日本語が上手だ。店内になぜか日本の商店の年代物の古い看板が掲げてあって「最上」という屋号が入った、その古びたインテリアも気に入っている。食事をして、次に行こうとする場所を尋ねると、オーナーみずから店から少し出て来てくれて、説明してくれた。以前ここのママとベトナムの空港で偶然会い、名刺を交換している。もちろん美人である。あの時、彼女は日本へ買い出しに行くところだった。

それから、とある洋品店に立ち寄り、次にマッサージ店で一時間施術を受ける。歩いても歩かなくてもいつも痛いふくらはぎ。アメリカ・イギリスには存在しない肩凝り。欧米では肩の筋肉痛はあるが、肩凝りはそう言う言葉がないために存在しない。ふくらはぎと肩、この二箇所はちょっと触れても痛い。「ナーデー」を連呼する。ちょうど良いと「ナイス」「カウンデー」と言う。これでほぼ満足のいく施術になる。続いて、家近くのマーケットで買い物をして帰ってきたら、何と九時になっていた。家を出たのが一一時だったから、途中一時間のマッサージを差し引いても九時間歩いたことになる。この日は朝方三時から六時まで宿舎正面の寺院で、男性の声と女性の声で交互に読経があり、スピーカーで流して人々が群がっていた。午前中は一一時まで動けなかったのが、嘘のように雨の中を歩き通してしまった。しかも少しのうたた寝の後、夜一一時半に恒例の水揚げが最近では初めて定刻通りに実施できた。奇跡の連続であった。そして、翌日の今日、二度目の奇跡を信じて水揚げスイッチオン。撃沈。水が出ない。一度止めて三〇分後に再挑戦だ。寝てしまったらもう起きられない。これはやるしかない。一二時二〇分、揚がらず。午前一時一〇分ようやく出水開始。睡眠も開始可能。微頭痛も開始。就寝する。

ニワトリの声の朝

朝四時になんなんとする。水揚げで起きたのが二時。展転して今。今日は金曜日、今週の授業最終日だ。来週火曜にバンコク経由で帰国する。ビザが切れるためでもある。月曜は生徒たちがSkypeで東京と面接する。便利なものだ。Skypeは優れたツールである。学校の回線速度は失念したが、アパートのそれは（６４０.２９ＫＢＰＳ（７９.８６ＫＢ／秒）２５５.７ＫＢＰＳ（３１.７５ＫＢ／秒））。よくわからないが、かなり厳しい環境の中、映像と音声をよく届けるものである。ただし、時々、停電や雨やその予兆でノイズが入るのはやむを得まい。

途中、バンコクではこちらで知り合ったY氏と会う。バンコクの大学で日本語を教えている。タイ人の妻との間に二人の息子をもうけ、二人とも成長したあと、妻とは離婚したらしいが好人物でウマが合う。日本の日本語教師養成講座で知り合ってタイに赴任した女性を介して知人となった。氏の大学も見てみたい。

日本に行ったら名古屋に行き、旅費のことやＭＭ国での大学紹介展示会のことやＭＭ国の税制など、話は結構あるものの、それらの対策や解決は簡単ではないものもある。そして東京で、できれば私が教えた学生たちに会って、名古屋生にもだがアンケートなど試みたい。東京では私自身のビザ申請もある。そして、いよいよ仙台に帰る。今回は私用もあり帰国になったが、MM国滞在は実質二か月あまり、短かった。MM国にようやく慣れてきて、余裕のようなものもあるが、帰国できる嬉しさはやはり滲む。温泉に行こうかなどと考えている。帰国期間は約二週間。やることも多くあり、あわただしい。よく行く市場の方でニワトリが鳴いている。コッコ、リッコー。

今しかできない

再びMM国。

たぶん、今しかできないことをしているのだろう。今より年を取ってこの仕事ができただろうか。一〇年先は無理だろう。過去にできただろうか。子供を育て、家のローンを払い、高体連という一種ボランティアと部活動指導の連続性のただ中に埋没していた。悔いは少しもない。幸運なのか、おめでたいのか、常に自分の必要性を誰かが訴えかけてきているように思い続けてこられた。海外に行く機会は今回のチャンスを逸してはなかった。

すでに四回目のMM国である。今回は着くやいなや、三日目の朝、眩暈に襲われた。寝返りを打って右に身体を傾けたとたんに視界が右に急旋回した。経験済みの症状だが、少しく狼狽した。すぐに薬を服用。四時間後の朝八時に再び服用。乗物酔止め配合剤と抗眩暈錠剤。仕事には三日間安静ののち復帰した。思えば、MM国を出て行く前、毎日一二時間の勤務が続き、MM国を発つ時すでに同薬を服用していた。帰国後は名古屋と王子・池袋の訪問をはじめ、自分の六五歳年金の手続きや不動産の現況確認やMM国との交歓留学生という新企画(これは後中止)の打ち合わせなどスケジュールが立て込んでいた。それらのツケが二日酔いのごとく、MM国に帰ってのち回ってきたのだ。悪化した場合、保険会社の勧めるバンコクの病院に行く。

症状をもう一度回想し、確認してみると、まず仕事に頭が追いつかない感覚が慢性化して、次に頭の芯に弱い頭痛様のものがあって、パソコン画面を凝視するのが辛くなっていた。横書きの長文をスクロールすると、どこまで読んでいたのか掴むのに時間がかかる。弱い吐き気があり、舌の根が咽頭の奥に落ちるような詰まった感じと、薬のせいでやたら喉が渇くか、逆に唾液が出すぎる口の中。テレビ画面も長く観ていると嘔吐に襲われる。そして日本帰国便の0時05分バンコク発では、下痢になってしまい一睡もせず日本に降り立った。薬の服用で小康を保っていたものの、国内の用事をすべて済ませてMM国に向かう際に、飛行機が二時間遅れトランジット機はすでに出ていて、スワンナプームでターボプロップ機に乗りかえることになったが、この時タイ航空のカウンターが見つからず、一時間空港内をさまよっていた。そして、MM国に着いて、その日はすぐに就寝。翌日は元気に買い物もした。その次の朝、発症。体力も回復してきて、もう大丈夫というタイミング。なかなか予測は難しいものだ。そして、通信手段はSkypeとGmailのみ。繋がっているとは思うが、心許ない。本当に急変した場合、誰にどうやって伝えるのだろう。腹をくくるしかない。そして今、設定した満水遮断自動装置がうまく働かないので手で切りに行く。原因はドアの隙間との摩擦係数だ。改善せねば。そうこうしている間に夜は更けて自律神経は失調する。今しかできないこの仕事を貫徹すべく眠るがよろしかろう。

BANGKOK HOSPITAL

一時期回復したが、眩暈と不調は続き、隣国タイの病院をめざす。二泊の予定で午後ヤンゴン空港を発った。夜のバンコクはグーグルマップで見た地図の記憶だけを頼りに歩くには心元なかった。ホテルに近い駅から歩き続けたが、この交通量の多い道路で、空タクシーが通らない。工事現場のおばさんに無理やり道を尋ねた。見るからに活発そうな彼女はバイクでよいかを確認の上、いかにも素人臭いバイクを紹介してくれた。オレンジ色の登録服を身に着けていないが乗ることにした。信号で止まる車の隙間をぬって走ること4㎞ほど。少々遠め。やはり行きすぎのようで陸橋下の露天商に道を聞く。Uターンして引き返し、ホテルに到着。途中、これで事故に遭ったらホテルでなく、病院に直行か、などと風を切りながら想像した。請求120THBは高いのか安いのか分からない。ドライバーにお礼を言うと私に向かって合掌した。

ホテルは古いが、すこぶる快適。廊下は吹き抜けで六階から上層階まで見渡せる。一瞬、刑務所かという作りだが開放感がある。バスタブもほうろうで旧式だが広い。ただ、シャワーとカランの切り換えが困難で、湯は張れるが身体が洗えない。いろいろレバーを指感覚で操作すると、突然カランの弁が閉まってシャワーが出て、シャツを濡らした。当然、一〇チャンネルほどのテレビはすべてタイ語。消してWiFiでNHKを観て寝る。エアコンはどうも苦手だ。夜中に何回か最高温度設定とOFFを繰り返す。予約と違って朝食が付いていた。これがバイキングで申し分なかった。毎日、昼食が不要なくらい食した。二日目は朝九時までに病院へ。ホテルからは病院直通専用の車が出る。

ここで四泊もしたせいか、ロビーの誘導員の大学生アルバイトと懇意になった。その方は三女で、上の姉は口うるさく、二番目は静かで、私は男っぽいという。彼がドイツにいて、その彼が、ドイツ人かタイ人か分からなかったが、彼は優柔不断でいつも自分が物事を決めていると言っていた。我が家は、一番上が多弁だが素直な感情表現が下手、二番目は芯が強いが口数は少ない。三女は誰も説明できないような性格、などと説明する。「三番クズなし」を「nobody foolish」と言ってみたが通じなかったかもしれない。「タイが好きか」と聞くと「I love Thai Land」と言った。この国はやはり幸せの国かもしれない。「M国は？」と聞かれ、道路の隅はゴミの集積、鼠の死骸と時に子猫の死骸、野犬がうろろ。言いすぎだが事実だ。タイにはスラムもあると聞いたが、タイの路上はMM国とは比較できないくらいきれいである。楽しい時間だった。ホテル専属のタクシー運転手とも仲良くなったが、最後にマージンを要求された気がしてあまり良い関係にはなれずに終わった。

病院受付では流暢な日本語で対応された。ネイティブの日本語が一人いたが、あとは現地の人で、みな日本語には堪能だ。受付から診察室まで室内カーに乗って行く。もう一人、老人と同乗だったが、相手も私を老人と思ったことだろう。診察を待っていると私専用の通訳が付いていて、体温・体重・血圧などの基本診察を終え、医師と通訳を介して対峙した。続いて検査。聴力検査室は日本と同様、しかし、大きい音の検査と平衡感覚の検査はしたことがないものだった。大音量の検査は少し気分が悪くなるもので、イヤホンと肩にかけたセンサーで測る。平衡感覚の検査は、円盤の上に乗せられて始めはただ立っていた。次に目をつぶってただ立っている。次に変なゴーグルをかけて網の目が回転する映像を見ながらまっすぐ立つ。続いて、立っている円盤の固定を外して同様の検査を行った。外された最後は自立が困難だった。そして、診察室に戻る。今度はかけるとまっ暗に見えるゴーグルで眼球を右にしたり左にしたりした。また、ボールペンの先を目で追いかけたり、顔を両手で挟まれて、直視したまま顔に瞬間的に数㎜の衝撃を与えられたり、まっすぐ歩いたり、目をつぶって歩いたり、一本橋のように歩幅ゼロで歩いたり、目をつぶって一本橋(これはできなかった)、などをした。のちしばらく待って検査結果を見ながら診察、眩暈は二種類確認された。ひとつは外耳に見られる炎症から三半規管に影響が出た結果としての強い眩暈。もう一つの眩暈は、血糖値不足や質の低い睡眠からくる眩暈ではないか、とのことであった。膝の筋力の衰えも指摘された。三半規管は薬で対応。睡眠と食事は自分で改善する。薬も二種類。二日後に、もう一度診察。最後に言われたのは年齢を考えて休みを取りながら働くということだった。当然の結論だろう。おそらく私と同世代の医師であろう。診断に曖昧さがなく、治療の方針が分かりやすい。名医に思われた。施設も医師も一流だ。人間ドックを兼ねた健康診断ツアーがあればきてもよいと思った。病院には二日間通ったが、ホテルには通算四泊した。通院中眩暈は発症しなかった。

診察のない日にはBTSに乗りナショナルスタジアムまで行き、お気に入りの庶民派マーケットに行った。一番奥の店にシルクのシャツを見つけ350を250THBということですぐ購入した。

またの日はセンセーブ運河の乗り合いボートに乗る。狭い運河を一時間四本くらいの頻度で、百人ほど乗れる船は常に満席。三つ上流の駅まで行って帰ってこよう。どこまで行っても20THB以下らしく、お得感満載。ソイトンローからプラサーンミットで降りてうろうろして「ホエアイズヒア」などと宇宙人並みの質問を投げかけると、相手は日本人で「そこじゃないと思いますよ」と地図の別のところを指している。「どちらへ?」と聞かれ、「乗って帰って、最終は病院に戻ればよいのです」と答えると、「この先の乗りかえ場所まで行くと伊勢丹がありますよ」と言う。すぐ来た船に飛び乗る時、「車掌さんにプラトナムと言って下さい」と言われた。後で名前を調べたらシーナカリンウィロート大学と言い、そこに勤めるバンコク在住の日本人だった。大学の近くにも店があると言っていた。「車掌さん」という日本語が新鮮だった。素朴で田舎っぽい人でおよそ海外で働く女性の印象はなく、訛りはないものの東北の農家の娘みたいだった。相手も私をそんなふうに見たかもしれない。

一方、帰りのボートでは背は低いが超特級の美人に遭遇した。停留所の番号を見て気をつけて乗っていたが、乗り場はどこも似通っていて、六つ目あたりで番号の表示のしかたが変化して分からなくなり、一駅乗り越しそうになった。「どこへ」と彼女はタイ語で言った。私は、病院が、彷徨防止も兼ねて私の腕に巻き付けたタックを見せて、バンコク病院に行く。と言うと、今離れる停留所を指してここだと言う。結局、混雑で下船できず、次の停留所で降りたが、彼女は心配顔でどう戻るのか知りたがった。タクシーに乗ると言うと安心したようだった。実際にはすぐに来た逆方向のボートに乗って、一駅戻って帰ったのだが、もう少し間抜けのふりをして乗り越して、話をすればよかった。

農家の娘女史の言うとおり、行ってみると本当に伊勢丹があった。伊勢丹はサイアムのブランド専門店よりは入りやすかった。庶民層もターゲットにしているのが分かる。そこの四階の日本食の店でカツ丼を食す。「上の階にも同店はありますよ」と言うので後で行ってみると、上の階はかなり広々とスペースを取った、あらゆる国の食べ物屋があるのフロアだった。奥の奥に吉野家と丸亀製麺も今年からの出店をしていた。日本より少し安い。伊勢丹の壮大な実験場のようだった。私が食したのは、ひとつ下の階のテイクアウト店のカウンターで、上階の由緒正しい店舗にはカツ定食はあっても丼物が見当たらなかった。下の店の方がサラダと冷茶が付いていてお買い得だった。店長らしき人に話を聞く。単身で家族は日本に置いて来ていると言う。「社員で順番です」、とも。「一番何が大変なのか」と聞くと、「言葉と文化の違いです」と言う。コトバはやはり鬼門なのだ。「私も言葉ですねえ」などと、およそ日本語教師らしからぬ答えをした。

歩き疲れて足が棒になる頃、ちょうど通路の行き止まりのところでリクライニングチェアーを一〇数個並べて足のマッサージをやっていた。女性が説明カードを持って近づいてきた。ノーオイル六〇分600THB、オイル使用で1000THB。表情でノーオイルはダメだと分かる。頷くと手を取られ奥の暗がりの本格店に連れれていかれた。道端で明るい照明の下かと思っていたので戸惑ったが、腹を決めて入って行った。中に入ると1000THBを払い、オイルの種類を決める。足を洗ってもらい個室へ入る。1000

ＴＨＢだから大丈夫だ。５０００ＴＨＢ以上だと違うマッサージを施術されてしまう虞れがある。部屋では８の字の輪ゴムのような黒い布片に足を通すと極超ビキニのパンツ一丁が出来上がり。ベッドに上がり背中からオイルを塗られる。たしかにうまい。少々痛いのだが、手が通過した後は無痛で残らない。痛み半ばの快楽の桃源郷をさまよう。仰臥向きになる。局部ぎりぎりまで圧迫されるが、マッサージの陶酔感である。首・頭も快適至極、上体を起こされて肩を揉まれて終了。途中、鼾で目を覚ます瞬間があったから眠っていたのだろう。

伊勢丹を出ると、そこは見たこともない裏街のような場所だった。とにかくビルの周りを巡れば、来た時の情景にたどり着くと思って歩くが、さっぱり分からない。公園のようなところで休んで見上げると10ｍほどの魚のようなステンレスの造形物があり、見ると制作者日本人という案内板があった。銀ピカの数匹のイ

タイで見つけたイルカの彫刻。ステンレス製で制作者は日本人だった。

ルカがあつい太陽に向かって垂直に跳ねていた。そこから二階の廊下のようなデッキを歩く。遠くの空に「ＳＩＡＭ」と書かれたビルが見え隠れして、どうやら逆方向に歩いてしまった。勘は真逆という、時々やるパターンだった。ようやく伊勢丹の看板を見つけ戻る。

次に行ったのは、伊勢丹のすぐ横の交差点の向かい側にあるビッグマーケットである。昔日本にもあったような量販店で、とにかくケース売りで薄利多売である。ここも人がごった返して、アメリカのような大きなカートにいろいろなケースを放り込んで、みんな買っている。日本ではもう見られない光景だった。日本人は、いや、自分はどうして購買意欲が、かくもないのか。ないわけではない。すべてそろっているのである。ほしいモノがないのである。内需がない。価値あるモノではなく、コトが必要だろう。豊かさの価値変換を強いられて久しいが、文化・教養・旅行などのソフト分野への開拓が急がれるところだろう。

さきに入ったカツ丼屋の店長もこのマーケットで袋売りのラーメンなどを土産物にすると言っていたが、多くの人にバラ撒く土産品を仕入れるのには最適の場所と言えるであろう。品質を大きく落とさず、量多く手に入れられるものが、山のように置いてあった。

病院のロビーを抜けて奥に行くと、職員食堂のような所に行き着いた。始めに２００Ｔ

ＨＢくらいを渡してカードを購入する。そのカードを持って各ブースに行き、注文してカードで払う。食べ終わったら、またカードを持って、会計にカードを渡すとお釣りをくれる。こんなシステムだった。私だけに特別な笑顔を振り撒いたウエイトレスの店で、透明スープの麺類を辛みを入れずに食べた。美味しかった。

同じシステムの食堂街が、ナショナルスタジアム庶民派ショッピングセンターの上層階にもあった。そこにはメキシコ料理さえあった。そこではナポリタンを注文した。まずまずだと思った。パインマンゴージュースも美味しかった。また、私は寂れた所が好きで、ここは一部は閉店し閑散としていたが嫌いではなかった。静かに食事を終えて階下に行くと廉価店が軒を連ねていた。値段がすべて約半分。人がごった返している。なるほど、上で閑古鳥が鳴くはずである。

病院のロビーのひとつ奥に、治療を終えた患者が薬と会計を待つ場所があるが、そこには小さなステージがあり、ピアノ・ベース・バイオリンが時間ごとにイージーリスニングを生で奏でている。普通に上手で、決して押しつけがましくなく穏やかな空間を作っていた。これもこの病院のグレードを引き上げている。飲料水は所々に置いてあり、一部冷やして二人の職員がペーパーを巻いて渡したりしている。南国ということもあろうが、こんな病院も日本にはない。病院で二日目に付いた通訳は、日本人の三〇代の青年だった。礼儀正しく丁寧だった。別れ際、「たいへん失礼だが」と前置きをして、「どうやって今の職に就いたのか」と尋ねた。日本の大学を出て、普通に日本で働いていたが、療養を兼ねて一年間こちらにいる間にタイ語を教わったと言う。「それから好きで一〇年以上こちらにいて、この仕事です」と。なるほどそんな人生もあるかと感心する。

雑感シャワートイレ

ＭＭ国のウォシュレットは若干困ったもので、その水勢は何にも比較ができないくらい強く、お尻にもう一つ穴があくのではと思えるほどなのだ。日本のようにノズルが自動的に出てくるのではなく、水道管から直接小型のシャワーヘッドを付けた型式で、隣国のタイにも同じタイプのものがあるが、タイのものはホース接続部分にはきちんと調整バルブが付いているので水勢の調整はいたって簡単。しかし、こちらではそうはいかない。シャワーヘッドの孔を大きくできないか、出水口金具は、プッシュレバーと一体化しており取り外せない。どこのも同じだ。水が弾け飛ぶということは、同時にコウモンの付着物も八方に噴射されるということで、便器に茶っ葉のような汚点が残っているのがそれだ。私のコーガンの裏の組織を培養すれば大腸菌がたくさん製造できよう。全裸でトイレに入るのはシャワー直前の場合もあるが、トイレで服が濡れてしまうからでもある。今日は、学校で便器に腰掛けたとたんに立ち上がった。前使用者のシャワーの水が便座を洗浄したかのように掛かっていたのである。シャツの裾がびちゃびちゃになった。すぐ、Yシャツを脱いで、トイレットペーパーで吸水した。「今日のトイレが長めだったのはお腹を壊したからではありません。シャツを乾かしていたからです」というわけで、あまりシャワーは使わない。街でロンジーのお尻の部分の上の方や下の方に丸く濡れた痕跡のある人を見かけるが、あれはシャワートイレのせいに違いない。

そんなものを見つめながら、今日も街を歩いていたら、突然、昨日見た夢を思い出し、瞬時にその意味を悟った。その夢は、自分の舌がどんどん伸びて地面に

白い花。植物はすべて固い。これも肉厚で日本にはない。綺麗ではある。

落ちて、まだ伸びて、次々に千切れて、その千切れたゴム状の破片を人々が拾っていくという面妖な代物だったが、気分はウキウキしていた。これは意外に分かりやすい人格だと自分で言わざるを得ないが、少しばかりMM語でコミュニケーションができるようになった喜びの表象ではないかと思うのだがどうだろうか。

街を歩くと変わらず、道には鼠の死骸とビニールと泥の混合物が溢れているが、私にとってすでにそれらは、異国感覚というようなものではなくなって、ひどい日常となっている。これは錯覚ではなく、リアルな本当の生活なのである。普通、人は現実を受け入れられないような急な悲劇に襲われた時に、これは本当に起こっていることなのだろうか、醒めたら夢だったということはないのか、などと絶望しながらも、かすかに希望を抱いて思ったりするものだが、今はそれとは違う。「これは確かな現実である」が先にあって、どうしてこうなったのかを考えるに至る。

すると数々の偶然が重なって、しかし志向さえしなければここにもいないし、こうならなかったとも言えて、みずから選択して至った現実と解る。そして、少しだけ夢のようだと感じる感受性のことなのだ。その感覚はすぐに「全人生に悔いはないか」「おまえの本懐とはこれなのか」というような荒唐無稽な問いに繋がっていく。私は今、MM国にいて日本語教師と留学生派遣事業に尽力している。今までいた職場同様に、その与えられた環境で、誠実に精いっぱいのことを続けている。気にしてもしかたがない、ひとの評価をどこかで気にしながら。今日もおやすみなさい。

生活用水と酢の物

最近多いのだが、今日も三〇分遅刻して出勤する。生活用水の水揚げを深夜から早朝に変えてみた。六時〇〇分、ＯＵＴ！　水は出ない。五時〇〇分ＯＫ、五時三〇分ＯＫ、五時四五分ＯＫ、ということで、六時〇〇分より前に実施することにした。シャワーによる水使用が最も量を消費するので、朝五時の揚水成功時にシャワーを使用することとした。ところが、今までの習慣から夜中の二時頃にどうしても目が覚める。起き出さないようにするが、尿意との戦いである。まどろんだ後、淡い朝日が夜の闇を照らし始める頃、起きて水を揚げる。自動溢水遮断機手動全自動スイッチもセットする。そしてまた寝るのであるが、このあと眠りの海の底に落ちて、六時台に目が覚めない。今朝は八時だった。遅刻確定か。朝食抜きか。遅刻確定を選択する。さらに困ったことに、なぜか今朝は水が出なかった。しかたなく、仕事が終わってから、確実に水が出る一二時まで起きていて揚水した。明日は日曜だから寝坊ができるからだ。しかし、平日はこの作戦はできない。水問題はこのアパートのアキレス腱である。寝坊といって、八時過ぎには朝食を摂っている。老人は朝寝ていられない。実は眠るにはエネルギーがいる。冬眠前の熊が証明している。老人は起きて水を飲むのだ。寝不足は自律神経を乱し、経年性眩暈を誘発する。そもそも準高齢者は、エネルギー不足で連続睡眠ができない。点滴でも打ちながら寝ればいいのか、科学的知見にまだ未解明があるのか。屁理屈を考えながら、昼食前にゆっくり買い物を済ませた。

人参、大根、キュウリ、パプリカ、生姜、レモン、砂糖など。明日から一〇日間ぐらいの間に食べる酢の物を作る。まずは生姜を刻む。半分はすり下ろす。人参、大根、キュウリは千切り、もちろん日本製スライサーを使用。酢と砂糖は同量または砂糖多め。昆布だし顆粒、鰹だしも少々。水で戻した日本産ワカメを加える。パプリカだけは刻んで湯に通す。今日はついでに、切り干し大根とワカメの刺身、これには刻んだ生姜を混ぜて、残っていたわずかな青じそドレッシングをかけた。それと、刻み昆布の煮付けというパック商品に挑戦。煮付けには実験的に日本酒の真空パック１００cc（トランクに入れて破裂しないことを確認したもの）を惜しみながら数滴入れる。みりんはないがしょうがない。これで食物繊維は豊富に摂取できる。途中、砂糖の壜の蓋がゆるく、持ち運んだ時、落として砂糖を床にぶち撒いた。掃除の行き届いた床が砂糖まみれだ。蟻の行列ができる。掃除機はないので掃いてから拭く。床の隙間の奥にキラキラ光っているが取れない。失敗がもう一つ、スライサー使用中、中指第一関節に擦過傷を負った。出血にカットバンとゴム手袋で対応した。

作って容器も洗い終わると着ていたシャツのお腹の部分がびしょ濡れである。これは台所の蛇口がどうにもならないからである。流水量が大量ではないのに、または少ないゆえか、蛇口のところでスカート状に広がって出て、どうしてもこちらの服に掛かってくる。蛇口に浄水フィルターを付けたが、二週間で真茶色になり、詰まって水圧がかかり抜けてしまう。抜ける時は結構激しく飛散して、すっかり濡れてしまう。どんな浄水器も変色して詰まり脱落する。やけくそに紙マスクをカットして輪ゴムで止めてみた。浄水効果はないが、飛散防止は成功、しばらくこれでいこう。

そして一休みして、ラフマニノフの二番を聴きながら窓に目をやると、もう夜の帳がおりてきていた。休日の終焉をこうして心静かに、エアコンを湿度除去程度に使って、やや暑さを感じながらコーヒーなど飲んでいると、やがて濡れていたシャツも体温で乾いてしまうのだった。ＮＨＫでは一日中、台風情報ばかり伝えていた。こちらは夜に雨が降り、昼も時々降り、テレビ画面はしばしば「SCRANBLED SERVICE」「NO SIGNAL」表示になり切れてしまう。雨と遅れてシンクロ遮断するテレビ。明日は必ず五時に起きて水を揚げよう。貯水量が少なめである。

レストランＦＪの発見・鼠君とゴキブリ君

日曜の遠出としては近い距離であったが、大きな収穫があった。朝五時揚水のせいで、以前のように朝からひたすら歩くことができない。マハバンドゥーラ橋を逆から戻ってくるお気に入りのコースはしばらく封印だ。今日も起き出して朝食を摂った時、すでに九時前になっていた。それから昼寝もした。すべて揚水のおかげだ。先日、チャイナタウンのアーケードの上におもしろそうなレストランを発見した。一番奥にステージがあった。これは夜の営業が主だと思い、いつになく午後四時に出発した。一応はそのレストランをめざしたのであるが、チャイナタウンは港の方向にあり、港では来てすぐにちっぽけな詐欺師たちに遭遇した地域でもあり、何となく足が向いていなかった。ともかく西に向かってまっすぐ歩いていると、新しいショッピングセンターがあった。店に入ると広くて明るい。今まで入った店のどこよりも明るく、床もピカピカだ。インレー湖畔のMMプラザより洗練されている。少しだけタイに近づいた気がした。その三階の奥にレストランFJを発見した。タイで病院に行った時、元気の素をこの店からもらった。カツ丼、茶そば、餃子、ラーメン。私の身体が醤油と鰹節でできていることを確認した店だ。当初の目標のレストランには行き着けなかったが、独立記念公園を往復して、レストランFJに戻り、今日は焼き肉丼を注文した。味噌汁キムチ付き。完食した。米も美味しい。値段も割安。サクラタワービル二〇階にも美味しい日本食の店はあるが敷居が高い。1000ks以上のお金が飛んでいく。しかし、ここなら約半分で済む。週一回は日本食をと思ったものの経済的に困難である。ここなら可能かもしれない。定期的な食事が健康管理の要であるが、きちんとした食事が私の調理能力では、実は困難である。朝食はパンと果物、ジャム、チーズなど完璧に近いが、あと二食が難しい。昼食はこちらの米と、オイリー多量なおかずと嚥下を阻む激辛のスープ。自衛的対処としては摂取量を最小限にすることくらい。最近は夕食も大変で、ラーメンライスがご馳走というありさま。先日テレビで、マッキンリーを初滑降するスキーヤーが、テントでラーメンライスにバターを追加してカロリー不足を補っていたが、それを真似たりしている。酢の物だけは切らさず作成。今回の反省はレモンを丸々一顆スライスして投入してしまったこと。苦みが強すぎてすべての味の前面に抜きん出てしまった。次回は皮は四分の一以下に抑えよう。少量ならば苦みは実はうま味なのだ。酢も今回はこちらの物にしてみたが、どうだったか、たしかに酸味はあるのだが、もう一度くらいは試してみるつもりもあるが、日本の酢にはコクがあると言わざるを得ない。

そういえば、最近、机の上に置いたビスケットを食べていたら、袋の一部に千切ったような穴がいくつか空いているのに気づいた。爪では破りにくいパッケージである。ラジオペンチで何回か挟んで切ったような穴は、ゴキブリがやったとは思えない。鼠君に違いない。ビスケットの粉も包装の切れ端も散らばっていたのにどうして気づけなかったのだろう。すでに二、三枚人間が食べてしまっていただけに驚愕した。吐くこともできず、鼠の囓りカスと穴近くの十枚を捨てて残りを密封容器に入れたが、やがて、これも捨ててしまおう。それから数日後、再び机の上に置いたピーナッツの袋がやられた。このピーナッツはすべて廃棄とし、殺鼠剤と混合してスチロールの皿に盛り、三箇所に設置した。実はこの鼠君とはすでに四回遭遇している。台所をサッと横切るのを見たり、トイレに座っている時に目の前を走ったり、衣装ケースの裏を走ってダンボールの下駄箱の中へ、さらに玄関のドアの下の隙間から室外へ脱走したり、病さえ媒介しなければ同居も可能だが、そこは相手も保証しかねるところ。さりとてどのように捕獲あるいは殺害すればよいものか。鼠取りを探そう。殺鼠剤はいろいろ試しているが、いずれも手ぬるい。夜中に耳を澄ますとそこらを走っているのに気づくこともあったが、窮鼠にしなければ咬まないし、捕獲は寝不足も予想されることから、耳は澄まさないことにした。それから驚いたことに、台所の密封容器の中にあった砂糖の袋の真ん中にやはり穴が空いており、これについては未開封の袋だったことに油断して、自分で密封容器を閉める時、きちんと閉めなかったのだろうということにした。その後、そこら辺のすべてのレトルト品やご飯のパックなど隅っこをくまなく捜査すると、小豆を煮て真空パックにしたものの端にも穴を発見。これをそのまま廃棄は、あまりにももったいないので、穴近くを大きめに取って切り捨て、残りをすぐさま加熱してぜんざいにした。

鼠君はゴキブリ君を食べるのだろうか、前に触角だけをきれいに残してゴキブリ君の遺体が消滅した事件があったが、今回も放置したゴキブリ君が姿を消した。触角も消えた。蟻の痕跡もないし、ゴキ同士の共食いもあるのかもしれないが、足一本も残っていない。

やはり鼠君のしわざだろう。もう一匹死んだゴキブリ君がいるのでそちらは放置を続けている。仲間のゴキブリ君たちが恐怖に陥るのを待つことにした。

できないこと　妻と娘編

あたりまえだが、人間にはできないことがある。

この宿舎アパートの生活水くみ上げ時間は夜の一一時から朝五時までと決められている。土曜日の晩、一一時半から三〇分刻みで上がらぬ揚水を続け、未明二時半就寝。日曜日は夜になり一一時挑戦するも不可。すぐ就寝して月曜の朝四時不可、四時半不可、五時呼び水をしたら出水。なんとか断水三日目突入は免れた。すでに水槽の底までタイル三枚分を残すのみ。この水槽はわずかに漏水する。一日にタイル一枚目もり弱。タイル目盛りは上から下まで一二枚くらいか。三日断水するとトイレも流せない。シャワーも使えない。そうなれば真菌、白癬菌VS抵抗力が股間で闘争を開始する。揚水だけを専門職として生活できるなら水守りもよかろう。夕方、出勤して深夜帰宅する商売に鞍替えもままならず。この部屋の賃料はあとふた月は払い済みだという。賃料はこちらでは、通常一年または半年分先払いである。「窮すれば通ず（転居）」はここでは通じない。前回は眩暈を発症した。前々回は憩室炎。食の充実と睡眠確保で身体に余力を持たせなければ、近々に迫る留学生引率ができなくなり、戦力としての私の価値は半減する。

ぼんやりと番組を観ていた。テレビで発達障害児童の母親が悩みを語っている。中心について評論しているのは女性言葉で特徴のある、教育系の大学教授である。「彼女は」とつい言ってしまいたくなるが、彼は母性を持った父親であって、弱者の視点から健常者を見て話す。「自分を丸ごと認めてほしいのよね」「わかってあげるのではなくて、認める、この言葉を使ってほしいの」どんな言葉を使うか、ということの大切さを彼は言った。

ハッとした。妻と長女との確執を漠然と考えていた私は、自分は言葉を生徒に教えながら、妻と長女との仲立ちになって言葉遣いについて話したことがあっただろうかと思い当たった。理屈型の長女に対峙して朝まで話したことは何度かあったが、妻に対しては「自分が撒いた種は自分で摘み取れ」式になっていなかったか、基本的に二人の関係は二人が作るのだが、妻には少々冷たかったのではないか。二人の対立は、長女が小学校の頃すでにあって、多くは妻が一方的に会話を遮断して、娘が説明を求めるという形だった。実は実際妻は怒ってもいたのだが、本当のところ言葉で説明しきれずに蹉跌していたのだと思う。であればこそ私の存在理由がそこにはある。娘の論も理屈は立っているが、八方破れでもあって、例えば「世界中の宿泊施設が部屋を区別して泊まらせるのはおかしい。男女を同じところに寝かせると必ず問題が起こると考える大人の思想がいやらしい」などという中学生の発想はよくあるが、これに対して私などは「世界にロビーで雑魚寝できるホテルがあったら、どうしてできるのか聞きたいものだ」などと変化球型でしか答えられなかった。本当は、純粋さから大人を見るその視線に合わせなければならなかった。その時は「認める」ことができなかった。そもそも大人に対する不信感の根本は親にある。親こそが、信じられない大人の代表として、子供の前に立ちはだかっている。妻は結婚した当初から子供は嫌いだと言っていた。私はタカを括っていた。母性は自然に生まれると信じて疑わなかった。「嫌い」は良くないが、「苦手」くらいに言うように話すべきだった。「嫌い」は投げてしまっているが、「苦手」なら多少自分にも責任がある。長女については、妻の子供嫌いと、次女が年子で生まれることによる長女へのプレッシャーで、その時、長女は幼児返りした。その姿は、頭髪が薄くて、髪を一度剃った、その髪型と相俟って、私の脳裏に痛々しく残っている。そんな長女を妻はまったく違う目で見ていたに違いない。その違いにも、当時の私は気づけていない。

長女はもともと感受性の強い子だった。言語形成期の前、「みにくいアヒルの子」を観て、発語もないまま涙を流していたり、「トイチョンブチュ」と叫んだ。これは戦隊もののヒーローが、物語が解決の端緒に入った瞬間に発する言葉であるが、家にあるビデオを丁寧に捜索した結果、なんとかライダーが変身している怪物の正体に気づいた瞬間、「同一人物」と叫んで、怪物と格闘し、破るという一場面に逢着して、私は驚きと納得をした。「トイチョンブチュ」は娘にとって「本当のことが分かった」の意味であった。録音装置のような言語形成期を過ぎて、長女は多弁饒舌になり、口数の少ない妻とは別の人格に育っていった。

かくして長女は人生を突っ走り、「バツイチコヅレ」とあい成れり、現在に至る。しかし、それでもまだ、私の実の姉貴の人生よりよほど恵まれている。すでに姉貴の夫も鬼籍に入った。それでなお、姉貴は責任を引きずって生きている。

できないこと　姉貴編

昭和二五年頃のこと、食糧難で、姉は生まれて間もなく父の実家に預けられている。当時関東は食べるものに乏しく、姉は山口県、兄は新潟県にそれぞれ疎開させられている。戦中のことではない。戦後の疎開である。実はもう一人の姉がその上にいたが、幼少時に亡くなっている。ペニシリンがないために風邪で死んでしまったのだ。最初の子を亡くした母は半狂乱になり医師をなじり、真夜中のお百度参りを敢行したと聞いた。近所のおばさんがその夜間徘徊を心配して止めたという。その次に生まれた姉であれば、手放したくはなかっただろう。それを関東から遙か遠い山口に置いた。やがて、おばあちゃんと関東にやって来た姉は、自宅に戻ってもしばらく母に懐かなかったという。そのことを母はずっと後悔し続けた。そして、子供たちが成長してから「亡くなった一番目の子供が一番賢かったね、たぶん」などと言ったりした。また、姉と私はよく喧嘩をした。髪を掴み合ってドタバタやったこともある。あれだけバトルしたにもかかわらず、その原因についてはすっかり忘れて覚えていない。アルバムを見ると、私はよく姉の膝に抱かれている。私の幼児の甘い記憶の一部は、母ではなく姉かもしれない。

ある一二月のこと、クリスマスイブだったが、私はまだサンタクロースを信じていた。ところがその日、姉と兄に寝ないで起きているように指示され、妹弟が寝てしまうと、姉と兄は押し入れから袋に入った菓子やキャラメルを出してきて、小さくバラし始めた。そして、新しい靴下の袋にそれらを詰めて、妹と弟の枕元に置いたのである。それでもまだ私は半信半疑であり、翌朝、目が覚めて初めて自分がサンタクロースだったことに気づいた。兄に「サンタはいないの？」などと尋ねたものだ。兄は「去年までもずっとやってい た」、と言って現実を知る覚悟を私に悟したのだった。こんな時、私は大きいほうの子供チームにいた。ところが当時、一年に一度中学校で映画が上映される日があり、そんなときは夜が遅いという理由で、妹、弟と小さい子供チームに入れられた。ある年、私は抵抗して、どうしても夜の映画に行きたがった。ついにそれが許され、屋外の映画を楽しんだ。校庭のため、風でスクリーンが旗めいた。白黒のアニメーションで大和武尊と素戔嗚尊《すさのおのみこと》を一緒にしたような神話で、まっ暗な中、稲光りがして、草薙剣を持って立つ主人公の少年の姿をまだ覚えている。それほどに嬉しかったのだろう。幼い頃は、「大人扱いして働かされ、子供扱いして疎外される」と思っていたが、大人になってみると「姉、兄、妹、弟とすべて揃っていて、私中心の家族構成になっています」などと自己紹介で言ったりした。一番得したことは姉と兄が小学校に入り、ひらがなや算数の勉強をするその横で一緒にやっていたことだ。小学校入学時、すでにひらがなや計算を知っていた。のち、九九も一緒に覚えた。新入生に紙芝居を読むために六年生が教室に来たが、その子が漢字が読めず、教えたらすごく驚かれた。シンドウと呼ばれたこともあった。「振動」ではない。ただ、極めて落ちつきのない子供だった。これは我が息子に遺伝した。悪いところばかり似る。

さて、話を戻すと、姉はやがて近所でも評判の美人になる。幼い私にもサナギが蝶に変身するのが分かった。結婚式の写真の笑顔は誰も真似できない美しさで残っている。結婚前も何人かの青年が家に来ている。いずれも緊張した面持ちで私を特別扱いした。それ以前の同級生の男たちは「弟か、頭いいんだってな」などと気さくな感じだったが、青年らは一様に「趣味は何ですか」とか「将来、何になるの」などと大人みたいなことを言った。そのたびに、私は「この人がお兄さんになるのかな」などとぼんやりと考えていた。また、姉貴の恋人となった人の親友を好きになってしまい苦悶する姿も記憶に残っている。綺麗な姉さんが泣きはらして文机に寄りかかっていた。絵のように見えた。姉はこの二人のどちらとも一緒になっていない。男の友情が勝ったのであろうが、自分だったらどうするだろうかと考えた。恋人側でも親友側でも困ったことだ。

やがて、姉も結婚する。ところが結婚する直前、旦那になる人は父と言い争いになってしまう。原因は覚えていないが、旦那は母とも決別する。私も自然に距離を置いた。人間関係が築けない人だった。職場を転々とし、やがて働かなくなる。姉は子供二人を抱え仕事と家事と子育てとすべてを一人でやった。旦那である彼は、書道だけは天才的に上手だった。彼の祖母が地域で有名な書家で、この能力を何とか生かせなかったものか、と今でも思うくらい筆に長けていた。しかし、ずっと姉とも不仲で、働くことはなく、やがて長女が結婚して家を出て、その後、姉夫婦は離婚した。次女は小児期に大病もあり、勘の強い子だったが結婚して落ち着いたものの、かつて、姉はその偏執自傷に、人には言えない苦難と戦っていた。両親の不仲が子供に与える影響は測り知れない。旦那は相当、嫉妬深かったと聞く。妻の不貞を疑い出したら、夫の心は闇になる。殺意さえ浮かぶ。次女はそのために病んだのだと思う。不貞が真実ならば、妻を諦めよう。子供はどうする。妻を疑う前は、子供は可愛かったはずだ。疑惑のさなか生まれた子もいようが、妻を疑う前からその子が嫌いな場合は、また違う精神の病だ。子供が可愛ければそのまま愛すがよかろう。子に罪はない。もと旦那は、最後には生活保護を受け、病院で最期を迎えるが、その病院は偶然、姉貴が病院事務に携わっていた施設だった。すでに姉貴は縁者ではないので、喪主は嫁いで出て行った長女が引き受けた。

姉貴は回想する。考えてみるとすべて自分があのように導いたのだと。たしかにその気持ちは分かる。夫婦は互いに欠けたところを知っている。補完し合って、船の舵と帆を担っているが、逆に、互いに相手にはできないことがらに注目して、非難し合って、互いに自分が主動力だと言い募ることもできる。そして、そんな船の着いたところは無人島ということになる。どちらかが、どちらかに、その度ごとに従っていれば、こんな無人島に漂着しないで済んだのに。沖縄の俚諺「意地ぬ出らあ手引き、手ぬ出らあ意地引き」である。

姉貴の人生は姉貴のものだが、あの旦那は常人ではなかった。姉貴は間違っていない。数年前、私は姉貴を誘って山口県への旅行を敢行した。かつて姉貴が幼児期を過ごし、高校生の時、当時中学生の私と再訪したこともある山口の地へ。墓参りをして宮島や原爆資料館など、またの日は釣りをしたり、従姉妹に会ったり、まったく気兼ねのない至福の時間だった。費用はなるべく私が負担した。すでに親孝行はできないので姉孝行をする。

姉貴に対する負い目がひとつある。それは愚かな弟たちのために自身の大学進学を諦めたことだ。「私だって行きたかったよ」と姉は年を取ってから言っていた。姉は高校を出てＮ鋼管という一流企業に就職した。しかし、ＯＬに甘んじることはなく、夜間は英文タイプの学校に通い資格を取り、外資系の会社に転職している。そして、給料のほとんどを親に渡した。兄と私の学費のためである。その悪癖は私まで続き、私も結婚が近づくまで給料袋ごと渡す制度を維持したが、三人目の私になって親は気づいた。このままでは上二人と同様に結婚するときに親がすべて負担しなければならない。ということで、私が二八歳になる頃、母は生活費だけ定額を家に入れる方法に変更。「あとは自分の力で結婚しなさい」、ということになった。五人の子供のうち四人を四年制大学に行かせた父と母のパワーはすごい。その一端を姉も担っていた。昔はみんなこんなふうだった。誰かが誰かのために我慢したのだ。

ハワイ行

ＭＭ国に来る前に家族全員でハワイに行った。ハワイにはＮ子というスゴい生徒が、二〇年来の再会を待っていた。Ｎ子は高校一年次、私が担任をし、その年に退学していった生徒であるが、当時から見たことのないパワーを持っていた。悪戯としてはタンポンをマジックで真っ赤に塗って教室の掲示板に吊したり、ある事件で校則違反をした生徒全員の名前を私に告げ、逡巡することなく学校を去って行った生徒である。まだ在籍していた時のこと、Ｎ子は家を出たまま、その夜は帰ってこなかった。Ｎ子の帰宅を母親と一緒に寒々とした部屋で、ストーブに手を当てながら待ち続けたことなど思い出す。Ｎ子は退学後、大学入学資格検定で資格を得てアメリカに渡り、短期大学を卒業した後アメリカで理容師になり、アメリカの某ヘアーカット大会で優勝してホノルルまで戻ってきた。そこで開業し今に至る。アメリカのハワイ州で店舗を持って営業することは、アルバイトとは桁違いで、並大抵のことではない。

ハワイへ行くと彼女は美人風に変化していたが、中身は変わらず元気だった。すぐに彼女は私の家族の中に加わり、自然に馴染んだ。N子は我が息子にはしきりに「殻を破れ」みたいなメッセージを発していたが、長女については「バツイチコヅレ」となったのは、「一生に一度の恋愛だったから仕方がないことだよ」と私を説得した。

長女のかつての配偶者だった男について、どこかで「なんでこのような男に」と思っていた。今でもDVがあったことは許されないと思っているのだが、さて自分自身が二〇歳前後の頃、どのような審女眼を持っていたのかと自問すると甚だ心許ないことになる。

たしか私には大学時代、結婚するのでは、と思った女性がいたが、つい近年、実の妹に改めて当時を振り返ってもらい「思った女性」の人としての印象を尋ねると、「危険な女性」

「不安定で危なっかしい印象」だったそうだ。

彼女は美形で利発で目立った。誰もが私を羨んで、多くの女性も彼女を羨んでいたらしい。そして、男たちは社交辞令もあろうが、その彼氏となった私に「彼女は綺麗だ」と言った。ただ彼女は、母親に愛されていなかった。それはともかく、彼女と私は、常日頃一緒にいたのだ。

しかし私には、誰にも知られず心底惚れた女性が他にいた。あまり目立たず性格も控え目で、相手に合わせて付き従ってくるような女性であったが、その控えめな女性は私に、別れた彼についての相談を寄せていた。今、考えれば、その相談自体が私への依存であろうのに、当時の偏狭な私は、彼女に通じないが、思う人がいたということが、彼女の光に傷をつけていると思ってしまっていた。まことに身勝手ながら、片恋をしていた彼女を許せないとも感じていた。もう、それは終わっていたのに、彼女の傷心に気づけなかった。なんという愚かさだろう。ずっと後、二〇年後くらいになって、親友から「なぜ、目立たない方の女性を彼女にしなかったのか」、と何度か問われたが、うまく説明することができなかった。

逆説的ながら、目立つ彼女をそんなに好きでなかったから、あまり執着せず一緒にいられたのだ。みんなが注目する女性がいて、その女性が私に好意を寄せている。私はそんなに夢中ではない。この絶妙な支配意識に酔っていた。

実はある時、目立たない方の女性と一線を越えそうな夜があった。しかし、好きすぎて手が出せなかった。大切すぎて荒らすようなことができなかったのだ。女の気持ちなど何一つ分かっていない。今、考えると滑稽ですらある。冷静であれば、もう少し大人であれば、危険物は適度に翻弄（いな）して、自分が本当に大切にすべき相手を見失わずにいれば、結果はどうあれ、もっと充実した自分らしさの結晶した機織り模様を紡ぐことができたろうにと思う。

結局、利発で明眸華美な彼女も私のエゴイズムを見抜いて去っていき破局。以後、従容とした彼女にも近づかず、それからというもの、すべての悔恨と怨念を押し流して一〇年くらいの間、女性と付き合いはしたが恋愛はしていない。一方、私はこれまた身勝手に、明眸華美な彼女を深く怨んで殺意を抱いたことがあった。その一瞬のことは、今でも一生忘れられない。それは計画性もまったくなく、夜間、車を運転中に何の脈絡もなく、「今から殺しに行こうか」とふと思ってしまったことだ。その時、自分の心の中の「まっ暗闇」にすぐ強い嫌悪を抱いた。しかし、思った瞬間のあのドス黒い塊は、今でも思い出すとぞっとする。殺意というのはあのような相貌をもって現れるのだと知った。あれを保持し続けると本物のサイコ野郎になれる。それはともかく、当時、私はプレイボーイを気取っていたが、内実私という人間は、表面上はちょっと冷たく、本質は多情でありながら、遊び上手に女性と付き合うことなどできない不器用な堅物だったのだ、と言うわけで、娘に恋愛について立派に語る資格は、私にはないと思う。

さて、ハワイのN子は美貌にもかかわらず独身であったが、N子の母親とは毎年、年賀状の往復があった。本人と会うのは久しぶりだった。ドアが開いていて、ホテルの部屋の前を通過しているのに両者気づかず通りすぎ、一瞬の後、互いに振り向き返して、再会を喜んだ。私の子供たちはすぐにN子を受け入れた。

我が家は三つのチームに分かれ、それぞれ大きなマーケットに行ったり、水中散歩を楽しんだりしたようである。N子はまた、日本人が初めて入植した開拓村蹟に我が家全員を案内した。驚いたことにその家の壁には、山形の民謡がひらがなで記されていた。

結局、懸案の曾祖父広田義之介の墓は見つからず。真珠湾公園は日本人の卑劣さを世界に訴えており、日本人の姿はなく最悪の雰囲気だったが、この沈んだ戦艦の展示を発案して、このような公園にしたのは日系人だった。アメリカに忠誠を尽くす証明として運動したようだ。このあたりのことはあまり知られていないが、その日系人たちにとっては苦悩の決断と実行だったであろう。その後のこの地での生活もまた、艱難辛苦の連続だったであろう。戦争は絶対悪である。ハワイを訪ねるならぜひ、プランテーションビレッジや真珠湾公園にも行ってもらいたい。

心の損益分岐点

留学生百余名が東京入管の審査待ちとなってふた月ほどが過ぎた。異常な停滞だ。名古屋入管も一四名を保留中。ＮＰＯ（特定非営利活動法人）による奨学金が、電話調査により事実と異なることが露見し、急遽残高証明と三年間の財務証明に、書類を切り替えたが留められた。再度、残高証明を最新日付で提出したが、その後、私が眩暈に倒れ帰国してしまった。生徒たちのうち、学校に通ってくるうちの一〇数名は、日本の対応を理解をしているように思われるが、他の生徒の中には詐欺だと騒ぎ出す者が出てきた。親子で事情説明を求める者も多数おり、校長も疲れ気味だった。生徒の叔父と称する日本語に堪能な人がおり校長を追い詰めた。入管が国の専決機関で迂回対策などはなく、できるのは待つことのみであることやNPOのしくみなどを私は説明して、ようやく理解した様子であったが、説明を求める保護者は後を絶たず、私も対応に追われたが、校長は倒れる寸前であった。夜中にも電話があり、対応後、校長は泣いていた、と夫から聞いた。「助けてやってくれ」と夫君は私に頭も下げた。これは尋常ではない。そもそもMM国は銀行の信用度が低い。多くの富裕層は銀行に預けない。残高証明、納税証明、三か年の財務管理簿なども公認会計士による捏造の可能性が高い。公文書の概念がない。有印（サイン）私文書も契約観が薄い。現行の日本の要求書類・書式がない。もともと日本の書式も煩雑すぎる。あるいは保護者本人の申告と日本の要求書類の中間で、会計士が案配しているという言い方もあろう。入管も疑えばそのへんはキリがないところだろう。法務省や文科省の示すところによれば、3％、12％、15％、50％という不法就労率（不法滞在率）のラインがあり、3％未満の大学やYMCAなどは優良とし、12％注意、15％勧告、50％以上で不許可といった指針や、単なる残高証明ではなく、三年間の財産形成過程の合理性・妥当性を確認する、といった方針が示されており、MM国からの留学生は多くが引っ掛かってしまう。始めから労働を目的とした留学生もいるかもしれないが、日本でアルバイトをして二、三万円でもMM国に送れば、MM国では結構な一人前の仕事をしたくらいにはなり、本人はその一〇倍近くの可処分現金を受け取って、たとえそのほとんどが生活費に消えようとも、自分としては大きく実家の財産形成をしていると錯覚するのもやむを得ない。除籍となって留学生ではなくなり、資格を剥奪されて強制帰国者になるまで働こうとする。こうなる魔法は、やはりMM国の貧困―仕事がない、未来がない、教育の不十分さ―などから引き起こされている。日本は本当は地獄だが、ユートピアでもあるのだ。日本の法を守らず、網をくぐる方向にシフトした留学生は、自分では半分正しい選択をしているつもりなのである。また、逆にオーバーワークしながら学校の出席率も成績も良いという者は、それに見合うだけの努力もしている人間とも言える。

一方、当事務所経営上の観点に立てば、入管不通過者が一〇〇人いれば解約料として150000000ks（1200万円）準備しなければならない。大学の入学金と授業料には一円も手を付けず、直接円建てで大学の口座に入金している。入国できなかったら斡旋料（含授業料）を100％返金するという契約がそもそも間違っているが、MM国の商習慣が壁だ。収入の多くは、この教室の賃料をはじめ経常支出に消えている。今までこの学校がずっと入管通過率100％だったことが奇跡だったのだ。契約不成立がなく返金がゼロで収支は、トントンだったらしいことを考えると、ここ数回の入国事情は、損益分岐点などとうに越えている。実は金がすべての問題なのではなく、結果、それが発生したことなのだが。

責任がどこにあるにしろNPO策がダメになり、各自の残高証明と財務証明に切り替わった時点で、日本であれば、生徒各保護者の証明能力の効果の高低に、結果が左右されるはずだが、MM国では派遣事業を請け負った事務所経営者が、各種証明の方法の責任も負っている。バイク販売事業から服飾販売に変わった保護者もいて、本当のところ謎だが、それも含めこちら学校側の責任なのだ。この点が私にはどうしても納得しかねるところだが、MM国では派遣事業は一種専門職視されており、職務はブラックボックス化している。それは特権のようでもあり、結果、校長と夫の関連企業体が、日本円相当で九千万円に当たる担保を差し出して抵当を設定し、半分の4500万円を現金で引き出して、一人300万円（保証残高）×15人の計算で六回転させ90人分の銀行証明を取り付けた。この金は見せ金で書類上の証明が終われば、抵当を外して復元させ、喪失することはないが、膨大な事務量であり、三年間の財産形成過程を証明できていない。また、銀行の不安定さを考えるとリスクはゼロではない。もちろん銀行手数料も日本では考えられない高額だ。そして、肝心なことは、これらの行為について理解ができない人々がかなり存在する実態にある。「法」や「契約遵守」の概念が日本とは違う感じもする。例えば、為替差、日本でもし一年間で1$が80~120円を行ったり来たりしたら、これがMM国では起こっている。したがって、為替差を原因とする解約は普通にある。そこで学校では大学への入学金・授業料は円紙幣で持ってくるように指導する。しかし、徹底は難しく、経営者側の差益にも差損にもなってしまうのだ。この為替差益損問題は大学にも報告をした。教室で私は、はっきり「文句を言う親は、自分でやってください」という内容のことを言っている。リスクを冒して残高現金および証明書を保護者名義で作り、非難される。これでは経営者の心の損益分岐点はひたすらマイナスに傾くしかない。極めつきは、件の日本語堪能な男性は最後には「日本人の説明は信じられるが、MM国人は嘘を吐く」と言ったことだ。私はしばらく、簡単な日本語と絵で何人もの保護者と話をすることになる。

性淘汰

雄の突然変異と雌の嗜好変化が同時に起こったのがクジャクの羽根という話。ジャレドダイヤモンド博士によると、天敵に見つかりやすいクジャクの雄の羽根は自然淘汰の原理に反しているという。しかし、それを好む雌が同時に発生することで、派手な羽根の遺伝子が残されていく。これが性淘汰である。それは派手な羽根を持っていても敵に食われず子孫を残していけることとなり、結果としてリスクを包含して、もってなお生き延びる遺伝子は自然淘汰とも言える。同様にトムソンガゼルの無駄な飛び跳ねも性淘汰らしい。ガゼルが無駄に飛び跳ねることはライオンに捕食されることを意味すると同時に、それほど無駄なことをしても、なお生き延びることができるという優性を示すというわけだ。両者ともあえてリスクやハンデを持ったもののほうが強いということである。

人類がネアンデルタール人とたもとを分かって、ミッシングリングを経て現人類になった時のことを考える。体毛の多い祖先人類の中に、まるで皮を剥いだような無毛の子供が生まれる。子供は成長しても無毛だった。他の肉食獣から見れば、この獣毛を持たない人類たちはまるで蜜柑か何かの果実を、皮をむいた状態にしたように映ったのではないか。しかし、性淘汰はこの毛のない祖先を選択した。結果、毛がなく気候変化にも弱いはずの現人類はまだ現在まで生き延びている。そのハンデを越え、リスクを冒して淘汰されずにいるのである。今後このあと、どんな異常な変異をハンデにして、現人類は進化していくのだろうか。

一夫一婦制についてはもう少し複雑である。類人猿も含め「乱婚（雑婚）」と「ボス猿社会」の両方を複数交互に経験して現人類に至っているという。「ボス猿社会」とは雄が、主に腕力で互いにその力を競い、一匹を決めてハーレムを作る形である。「乱婚」は日本の「歌垣」にその名残があるが、誰が親であるかを問わず、集団として、多くは、おもに雌が育児を担当する。この両方を現人類のＤＮＡは記憶しているという。どちらかというと「ボス猿社会」が現人類の近い過去にあったのではないか。一夫一婦制の前がボス猿社会だとして、そこに性淘汰が起こったと仮定する。ボス猿社会からの離脱はどのように起ったのか。雄同士が腕力で一人を決める決め方ではなく、ボスに分からないように種を残す能力とは「人を欺く――この場合類人猿を欺く――能力」であり、集団には分らないように種を残す能力のことである。交合は隠匿せざるを得ない。性行為に強い羞恥心を感じるのはこのためではないか。また、発情期がなく、発情と排卵がリンクしていないこと。誰の子供か雄には自覚ができないこと。これら雄雌ともに親子関係が分かりにくくなるように設計されているのは、ボス猿社会からの離脱のためではないか。さらに隠しおおせたとして、それをさらに公然の秘密に持っていくためには何が必要だったかというと、そこに一説に「言語」が登場する。誰もが秘密を保ちながら、ボス猿社会を認めながら、一夫一婦制を築いていく、この大変厄介でパラドキシカルな事業を成し遂げるために、大変重宝な道具だったのが言語だったのだろう。核心に暴力を宿す社会から、言語というルールの守り方が支配する社会へ。この奇っ怪なメカニズムはやはり性淘汰ということになるのだろうか。言語中枢も一般的には女性のほうが優れていると言われている。代表、大阪のおばちゃん。

カンボジア

カンボジアが人権よりも国家を大切にする中国式発展に学ぼうとしている。ベトナムもタイも独自の方法で国を繁栄させている。日本は相変わらず中途半端な個人主義で経済だけは世界に追いついた形だ。中国のやり方は横暴だ。真似ることは愚かだが、そのエネルギーは認めざるを得ないだろう。「アジアで西欧化に成功したのは日本だけだ」と誰かが言っている。人権を核に自由平等を掲げる民主主義がその理想だ。明治以来、ヨーロッパから学び、ひたすら近づこうとしてきた。アメリカは言うに及ばず、ヨーロッパのどこにもそんなユートピアは存在しないのに。もちろん、ヒットラーの出現を待つわけにはいかない。だから、もう一度「どこにも平等も自由も平和もないのが今の人類の姿だ」ということに思いをはせてみよう。

日本にはいまだに個人よりも全体の意思を重視しようとする考え方がある。それはあたかも「全体の意思」という特別なものが初めから存在しているかのような発想だ。どこかに高級な「全体の意思」があると考えるのである。ある意味「超」がつく無神経さである。楽天家である。現在ある日本民主国家、それはただ過去のある時点で、その問題を扱った人々がそのときに出した結論の集積にすぎない。その合意の集積をなんとなく絶対だと錯覚している。

民主主義と資本市場の論理に導かれて、今の世界はある。しかし、民主主義の最大多数の最大幸福も、時間軸を次元に加えるとたちまち破綻する。たとえば、核開発は未来永劫に影響を及ぼすが、未来の人々は現在の決定に参加できない。資本主義に至っては、環境問題ひとつをとっても綻びは明らかだ。理想の姿は夢想にすぎず、現実は苛烈だ。それでもなお、日本人はユートピアはあると思っている。「全体の意思」も。

この「全体の意思」への盲信があって"Me Too運動"も日本では独特の相貌を見せている。一人ひとりの自己検証のない"Me Too運動"になっているように思える。自死やいじめの問題も前記の盲信が問題を複層化させている。「見えざる手」と政権与党が言うところの意思表明なき支持者の存在。ネット上に溢れる匿名の悪意。「以心伝心」という美称。これらはみな日本人が、言葉ではない絶対的な何かが、この世に存在すると思っているることからきているのではないか。一人ひとりが意思表明してみる。言葉にしてみて間違ったと思ったら改める。これが基本だろう。簡単だが難しい。

MM国に来てみて、MM国の軍事政権が、いかに経済発展を阻害してきたかが分かる。アメリカ、その他諸国の経済封鎖がそうさせたとも言える。しかし、同じ軍政でも隣国タイはすでに最貧困から抜け出している。隣国ベトナムも米国に蹂躙されながら何の賠償も求めず発展中だ。そして、MM国は最後のフロンティアなどと賞賛されながら、実は最貧国になってしまっているのだった。この際、暴論であるが中国式でもなんでもいいので中間層の拡大を目指して、その後人権を考えてはいけないのだろうか。どうしたらアジア全体がヨーロッパのような仮称「東洋型ユーロ圏」になれるのだろうか。そして、日本はどのようにして純血西洋式でないアジア発祥の進化系民主主義をかたち造るのだろうか。ひたすら西欧化してみた日本の仏には魂は宿らなかった。どうする日本人。

フットボール

N大学フットボール部の監督が、試合中、選手に敵の選手に怪我をさせるように指示をしていたのでは、という問題が発生した。テレビは一斉に報じ、加害学生の会見に続き監督の会見があり、監督の会見に関東フットボール連盟が、監督の除名と生徒の一年間の出場停止を決め、世間は落ち着いた。後は警察の判断が、大きく常識を逸脱しなければ落着の様相になる。まず、一定の着地点は見えたかに見える。しかし、世間の動揺ぶりと沈静化は相変わらずマスコミが主導する形となったことに、私は一定の評価はしつつ、日本のマスコミと国民の流されやすく一色に染まりやすい危うさを感じてしまう。あるところに線を引き、そのこちら側は正義で、向こう側は悪という類型化は心地よいが、天邪鬼の私としては、違うことを考えてしまう。

「相手を潰してこい」と言う言葉とその他周辺の情報は、やはり比喩ではなく、故意を感じるし、監督の会見は、加害選手の誠実な会見とは対照的に欺瞞に満ちていたから、制裁を受けるのは当然のことでそのことに異議はない。問題はこの一連の騒動の本質は何かということだ。学生は純粋で清く正しく、先生は大人で汚い。これもそのとおりだ。それではいったい何が問題なのだ。私は少々異なる視点から眺めてみた。

今回の事件はプロの世界のことではない。あくまでも教育機関の中での出来事なのだ。教育の現場はプロスポーツの養成機関ではない。教育の目的である「人格の陶冶」に主眼がある。人格の陶冶とは「ブレイクスルー」とほぼ同義語である。今までできなかったことができるようになったり、以前の自分とは段階の違う自分になっていることに気づくことだ。たとえ、本人に自覚がなくても成長していくことだ。それまではどうしても勝てなかった相手を負かしたり、どうしてもできなかった技ができたりといった、今までの自分の殻を破ってしまう経験を教育は何よりも大切にする。その達成感の継続こそが豊かな人生を生み出していくからだ。

言葉では分かったような気分になるが、実際のその跳躍段階の直前というものは苦しみに満ちている。経験豊富な指導者側からは予測もできる。本人に突破の予測ができるような壁は本当の壁ではない。これこれの練習をすれば誰でもこうなるなどということは、実際にはたったの一つもない。本人の経験としては、すべてが初めてだからだ。「できた」の前には永遠に続くかに思われる「できない」の長い連続が必ずある。それでも自分を信じてやめないで続けるのである。それはある意味、盲信的で救いがない状態である。あるピリオドが来て、終わってみて初めて、あの時がそうだったということも多い。試合に勝とうが負けようが自分がエースであろうがなかろうが、一切外的なものを排除しても、はっきり自覚できることもある。このようにブレイクスルーは、本人にも捉えがたい側面をもつ。まして指導者側に絶対の確信的方法はない。さまざまな方法を示して本質は「あとを待つ」だけである。ブレイクスルーがいつ、どうやって起こるのか。これは個人差がありすぎて個別に分かった事例を説明するしかない。本人には、曰く言いがたい証左の例として、野球選手のイチローは自分の技術を「言葉」で説明すると、その言った言葉に囚われて、「さっきまでできていた技術ができなくなる」と言っているし、往年の長嶋茂雄監督のバッティング指導は擬音語のみで行われていた、など枚挙にいとまがない。

私はよく自分の子供を山に連れて行った。いずれも日本アルプスなどというのではない低山だが、子供は大人になってもいまだに山中に放置されたと思い込んでいる。姉妹二人で、すでに先に行ってしまった父親を自力で探す山行だったたと回想する。時々、私はちゃんと追いついていることを確認し、万が一の時は背負って下る判断も含み描きながら登っていた。今でも子供たちは父親の不実をなじり、自分たちの勇敢さに誇りを抱いて語る。たしかに三歳児をザックに入れてゲレンデを下り、チアノーゼにさせて、配偶者の叱責をこうむったことも、あるにはあったのではあるが。いずれにしろ我が子の場合、山での遭難を誇り高く語ることから、度重なる山行はブレイクスルーを起こし、大きな自信と逞しい経験として残ったようだ。言葉に語弊があるが、ブレイクスルーさせられる側の直前の生の認識は、それこそ「死を乗り越えるくらいの覚悟」なのである。そうでなければ超克とは言えない。ところが、乗り越えてみるとそれはたいしたことではなくなり、下の兄弟を見守る優しさとなって現れる。

さて、ブレイクスルーを促す側が「死んだ気持ちでやってみろ」とか「死んだ気で取ってこい」などと言うことはままあることである。そこで指導者側に錯誤が生まれる場合がある。本当に死ぬ可能性があれば、先の言葉は言えないことになるが、その個人に対する日頃の観察が少ない、または間違っていたら、そこに齟齬が生じる。今回の「相手を潰してこい」は比喩ではなく傷害教唆になったのであった。今回は、監督の一番基底の部分に虚偽を感じるので、監督は「暗に相手選手に怪我をさせようとした」、これが真相であろうが、しかし、教育界のほとんど多くの他のスポーツ指導者たちは、みんなブレイクスルーを促すために、ぎりぎりの判断をしながら、できないことを日々強いているのである。「必ずできる。自分を信じろ」は私の常套句であるが、指導した全員が全国大会に行ったはずもない。例えば「私の指導に従えば、一部の選手は県代表選手になれるかもしれない、なれないかもしれない」などと、くだくだ言ったのでは指導にならない。「自分を信じろ。仲間を信じろ。君たちにはできる」これをさまざまな方向から言い続けただけだ。

これから先の仮説はいくつかの間違いを含むが、あえて言うと、監督のねらいは、「加害者にさせられた選手は心の優しい子供であって、そこに欠けていたのは闘争心である。そこをブレイクスルーするため必要なことは、相手に対する容赦なき突進である。相手の怪我を考慮に入れたのでは戦いにならないし、そんなタックルは失礼でもある。だから彼には相手に怪我をさせる経験をさせよう」それがもともとのねらいとしてあった。「ついでに相手の戦力ダウンも果たす」もちろん違法と知りつつ。

しかし、彼のブレイクスルーはその違反の方法では実現しなかっただろう。優しい人間の気を強く闘争的にするのは、その逆の自信過剰の鼻を折るより格段に難しい。

彼には、練習に対する自分としての覚悟についての自覚を促すべきだった。どんな日も自分としてフットボールを悔いなく追求し続けたか、と言うような問いをして毎日過ごし、練習の細部にわたって努力を惜しまずに、もうこれ以上の練習は自分にはない、ということを続けると、勝敗だけではないが負けたくはない、という気持ちが湧いてくる。自分としてはやるべきことはすべてやった。悔いはないから勝敗にだけこだわることはないが、勝てるならば勝ちたい。こんな気持ちだ。

彼は強化選手になる資質を有しながら自信を失っていたことが想像される。鍛える方向が逆である。自分の内部から湧き上がる自信（覚悟）を持たせることが彼には必要だったのだ。いずれにしても彼の選手生命とフットボール界に与えた致命的打撃は罪深いものだ。彼に罪はない。指導者は寛恕できない。

性と暴力

今までこう考えていた。性の本質には究極的に暴力というものがあり、性を生命の根源に持つ生き物としての人間は、暴力を完全否定することはできない。本当にそうだろうか、と最近考えるようになった。とは言え、例えば、「男らしさ」「女らしさ」とは何かと言えば、「男らしくしろ」はとどまったり躊躇したりしないようにということであるし、「女らしくしなさい」は逆に積極性をおしとどめる言葉だ。生殖器の構造も一見、男の能力を第一条件として造られているかのように見えるし、男性器は世界中で「棍棒」「ピストル」「砲」といった兵器に例えられる。古事記にも、イザナギ（男）が追いかけて、初めて正常な妊娠が告げられ、国産みが行われたと、あり、たしかに逆の女による男への強姦罪の成立はたぶん例がない。

女性の気持ちは、永遠に男の理解の範疇を超えていると自認するが、高校生くらいの時に自分の交合欲をはっきりと自覚したとき、同時に相手の女性の気分を自分なりに考えてみたことがあった。その時は、女性の偉大さを次のように感じたものだ。女性からすれば、初めてのその行為は、腹部に切れはしないがナイフ様のものを差し入れられる感覚に近いのではないか。恐怖を伴うのではないか。それでも相手を信じて受け入れる。その受容能力たるや、およそ男の想像を超えている。どうして受容してしまうのか分からない、と。また、初めての経験について、中学の同級の女性で何でも率直に喋る人が、やや晩婚で結婚した際、これまた率直な同級男子が質問した。その瞬間の第一印象を。女性率直に曰く「大きい棒が挟まってる感じ」とのこと。男子諸君、もしも君が女だとして「バットを肛門に入れさせてくれ」と愛する人に懇願されたら、なんとか頑張って入れさせようとするだろうか。これはやはり、理解の範疇を超えていると言わざるを得まい。余談だが、「源氏物語」「葵」の終盤に若紫の初体験場面と思われるところがあるが、どう見てもその経験はおぞましきものであって、紫式部の高知能をもってしても、予備知識抜きの交合は「美」とは異次元の体験だった。

話は曲折したが、要は「性に暴力はつきもの」と言う考え方についてである。しかし、本当にそれで性を捉えているのと言えるのだろうか。

まず、女性側にとって初体験は、必ず暴力被害の形でしか存在し得ないかというと、そうではない。かつて教えたある女子生徒は「精子バンクで過去の天才の遺伝子の受精も可能」との話題になった時、「私はちゃんとした普通の行為からの妊娠を望む」と答えていたが、その様子には、恥じらいながらも正直な印象を受けた。教育さえ受けていれば、初期経験が暴力と無縁であることは多々ある。一方、結婚後、女性の性欲の強さと貪欲さに辟易した男性も実はたくさんいる。真逆で男が絶倫の例もあろうが、そうでない場合、その現象は、その女性や行為に男が飽きたと言うよりは、その生命力のあまりの強さに男は蹉跌するといったほうが適切である。

女性はたしかに男性より「生命」の近くで生活している。将来、医学が発達して男性も可能になるかもしれないが、現在のところ受精・妊娠・分娩は女性にしかできない。そのための準備に一定周期で生理もある。より「生命」の近くで毎日の日常があるのだ。毎月痛みと性器からの出血を伴う自分の身体と、四〇年以上も付き合うというようなことは、男性は想像したこともない。交合を忌避する、いろいろなメカニズムを持ちながら、生命力たる性欲は男性に勝る。結果として男性には理解できない存在となる。

それにしても女性は、出産で自分の命が危機に瀕するかもしれないリスクはもちろん、月経の日常を生き、哺乳の負担を請け負ってなお、その肉体を保持できて長寿である。生命体としてのなんらかの利点があるからこそ続けてこられたし、そこにDNAの結果淘汰というものが見て取れる。「性においては女性はつねに受動」というような視点が矮小に思える。

一方、男性は、「武器」というたとえは大きな誤算である。「小さいのね」や「下手」の一言で本能自体が交合意欲を喪失するくらい、大脳皮質の支配を受ける上に、その武器たるや海綿体で骨細胞は含まれず軟骨でさえなく、不随意筋より不随意だ。もとよりヒトは胃や腸をコントロールすることはできないが、それより制御困難な代物だ。若い時には、授業中に勝手にその積極性を発揮し、ポケットに手を突っ込んで、人には分からないように位置を直さねばならず、肝心な時には、緊張しすぎて不随意の権化となって羞恥にまみれたり、謝罪したり、高齢化した近年ではきわめて消極的方向にしか作動しない。単なる排尿器官に堕した感の我が愚息。まったくすっかり「武器」なんかではない。

誤解を恐れつつ喩えれば、男は心臓の一部を取り出して、そこに血液を充填させ、恐れもなく相手の口の中に放り込んでいるようなものである、ということになる。千切れた例は聞かないが、離脱不能に陥った記録はあるのだ。男性もある意味、命と血液を担保に、ことに及んでいる。

両性ともに大脳皮質（言語）の及ばない無意識の領域に身を投じている。互いに相手というものがあって、その意向を無視できない。嫌がることを強制はできないのである。両者ともに不慣れであれば、ぎこちないものになろう。どちらかの経験が勝れば誘導もあろう。性行為の本質は、両者、説明不能の領域に足を踏み入れることであって、本来暴力とは無縁なのである。

それを「すべてのスポーツは暴力が始まりである」とか「大脳の食欲領域の近くに暴力領域があって関係が深い」とか「殺人犯の男性比率（七八％）が高いことから、男性は凶暴でその行為傾向は性にも及ぶに違いない」とか、すべては性が言語で説明することができないことからくる誤謬である。

そして今、主にアフリカ大陸で起こっている戦争にまつわる「性暴力」は、人間性を崩壊させる戦争という環境から発生した悲劇で、性が暴力に変化しているのではなくて、狂気が暴力を生み、それが性を従属させているのである。決して逆ではない。それにしても決して許してはならないことが起こってしまっている。ここでも「性が暴力と不可分である」と考えることは対策を誤ると言える。

さらに人間の皮膚感覚の問題がある。触覚による快感はすべて痛覚の手前のところにある。痛覚の直前が快感である。蚊に食われた時、掻くと気持ちいいがやがて掻きすぎて皮膚がはがれる経験は誰もが知っている。これがマゾヒズム（サディズム）の入り口であるが、この痛覚の手前が快感という感覚構造も、性が暴力と繋げられてしまう原因だろう。快感の奥に痛みがあることが、性の奥に暴力があることに置き換えてしまうのだ。性と暴力は乖離している。

話題は変わり、別次元だが、人間にしかない「笑う」という行為も「怒りや苦悩」表現の直前の表情筋の動きの結果だという。人が目の前で転倒して死んだら、見た人は悲しむが、転倒して一瞬あって、その人が周りを見回して恥ずかしげに何事もなかったようにスタスタ歩き出すと、見ていた人はどっと笑うということである。この「笑い」と「悲しみ」には確実に乖離がある。これと同じことが快感とマゾヒズムにもあって、マゾヒズムを感覚的に理解できることと猟奇的傾向に走ることとは大きな違いがあり、この二つも乖離しているのである。

結局、暴力と性の問題はひとえに本人の人格と人間性に帰結すると言えるだろう。さらに最近の“Me Too 運動”も注視していかねばならないと考える。

シンガポールに行ってみた

日本のランゲージスクールで知り合った方の紹介で、シンガポールの言語学院に行ってみた。社長に代わって三二歳の講師の先生が対応した。日本語を勉強するほとんどの学生は趣味と教養のためだという。日本企業の給与水準は、すでにこちらの企業に追いつかれ、収入面での強い吸引力はない。ニーズの多くは、日本の漫画を直接日本語のまま理解して読みたい。または、その「映画」版。ちなみに最高齢学習者は七四歳でN3を合格したという。この人の場合は、日本が占領していた時代のことも知っているらしい。これはどこか嬉しい。学院には日本の古本屋から寄付されたという漫画本が壁一面にあった。海外に出て行った、おなじみの日本のヒーローたちがいた。

シンガポールに日本に対する留学の希望はあまりない。日本の方が自分たちより下だと思ってもいる。実際、いろいろな面で日本が下かもしれない。戦後、公用語を中国語と英語とマレー語の三つに指定したり、再生水設備をはじめとする水資源管理も徹底している。観光客に対する姿勢もはっきりしている。街路にゴミを捨てることは有罪である。

毎年夫婦でシンガポールに来るという、建築関係の人に出会った。話題は、三連の高層ビルの上に船を乗せたような有名な建物の話になった。そのビルは日本の企業は設計を断り、韓国の企業が請け負ってできたものらしい。「日本はあれは造らないよ」と言っていた。「実はすでに少し傾いているらしい」とも言っていた。恐ろしいかぎりだ。

この話を除くと、シンガポールは日本より豊かで安全な国かもしれない。かつての指導者の力も大きかった。この国から日本への留学生を募るのは、ほかの東南アジアの国からの留学生とはまったく趣を異にする。日本語のニーズは教養と趣味のためで、自分の生活や国の将来のためではない。

日本はこの国からもっと学ぶべきだ。たとえば、割り切り方にうなずけないものがあるものの、老人介護施設は隣国のマレーシアにたくさんの廉価で優良な施設があって、そちらにみんな行ってしまう。「若者で、その産業をめざす人はいませんね」とのこと。日本で「介護」を隣国に委ねたら国際問題に発展するだろう。しかし、その割り切った方向性は、むしろ若年層の労働意欲や労働方向性に活力を与えている。

台湾もすでに介護の労働市場に外国人を投入しているが、言語の条件は撤廃した。ただし、今台湾では、介護する者が苦しむ利用者を見つけても、頭が痛いのか、腹が痛いのかさえ分からず、現場は混乱しているという中で模索を続けている。

日本も介護市場について全面的に外国資本の参入を認めてはどうだろう。外国人だけで経営する介護施設を認めるとか。

「真理」と「認識」を死にかかわって考えた。

帰国してのち親友の死に遭う。

死は知ることも語ることもできない。ただ、残された人々を描くのみだ。

先日、テレビで奥田瑛二と井浦新が演ずることについて語っていた。「素の現実はもちろん演技ではない。現実そっくりがよい演技ではない。また、リアルを追求するが、結果演技者が満足して悦に入るようなたぐいは、後で見て醜悪以外の何物でもない」「リアルを追求し、飽かず追求し尽くした先に本当の演技がある」

つまるところ、演ずることは現実というものに、ある解釈を加える作業だろう。あるいはある解釈を場面を借りて顕現させると言ってもいい。実際に存在する、この現実というものと演技との関わりは、どこか「真理」とそれを掴もうとする「認識」の関係に似ている。

二人は戸嶋靖昌の絵画について語っている途中で、演技の話に及んだのだが、絵画もまた現実をどう掴み取るか、対象に迎合せず、独りよがりでもなく、その対象に現れた「真理」を描こうとするものだろう。戸嶋靖昌は「生きる力は強く、死にゆく姿は哀しい」と言い、生命感溢れるものと同時に、その行く末の死とを同じ対象に見いだして描いている。このあり方もまた「真理」と「認識」の絡み方に似ている。

次に、有名な「盲人と象」の話を多言語に置き換えて喩えてみる。盲人一人ひとりがそれぞれ違う言語で話をしていることにしよう。象の全体の姿の総合的見解は、結局不完全なモザイクとなり、たとえすべての言語を知悉したとしても、AIにさせてもその見解を顕現させることはできない。この場合、人類には視覚がないことになるからである。言ってみれば、「真理」とは神の同義語で、「認識」はAIを含む人間の「わざ」である。言葉を手段とした認識で神に立ち向かうのである。

言われて久しいが、人間一人など広大な宇宙の塵芥で、その知性など全「真理」（神）の足元にも及ばない。世界中の図書館の本を集め、翻訳し、くり返しAIに学習させても全「真理」（神）の睫毛にもならないだろう。しかし、それでもどうでも我々はこの言葉でしか思考できない。

これに加えて、我々には「どうしようもない楽天性」が与えられている。自分も含め人は必ず死ぬ。誰もが疑わないこの事実を真に受容した人間はいない。経験値ゼロ。それでも希望を失うことがない。たとえアウシュビッツの牢獄にいても希望を失わない人間がいた。まるでギャンブル依存症のように、今回は負けたけれどもいつかは必ず勝つと信じて疑わない。根拠もなく、言語というオンボロかつ精鋭「探査機」で全「真理」(神)宇宙とその一部であろう「死」を解明しようとし、できないことをできると信じて疑わない。しかし、我々に他の方法があろうか。そのように信じる以外に生き方がないのだ。

さて、逆にないものをあると信じることができれば、脳はそのように進化するという脳科学の説もある。つまり、信じ続けることを人間がしていくと、その先に盲人にとっての視力に相当する、新たな人類の能力の獲得があり得るというのである。これを「おめでたい」言質と一蹴していいのだろうか。

欠けがえのないものを失ってしまった時、景色は一変する。決してモノクロになるはずはないがそんなふうに見えてくるのだ。味覚も変になる。甘みが消失して塩味は残る。味がしないと感じる。指先の感覚が麻痺する。耳が難聴のようになる。これらの身体症状は脳が今までと違う行動を取っているとも言える。厚いベールに閉ざされ人間を寄せつけない「死」というものを。なんとか消化しようと、やみくもに身体が防御反応をしている。

そんな中、いつか誰かが、何かを掴み、それに遺伝的優位性があることが、みんなに明らかに提示されるようなことが、もし起これば、それは確実に拡散する。おそらく歴史時間上、全世界同時的に発生するだろう。例えば、言語がそうだったように。

私は友を失ったことについて、以上書いてきたようにしか表現できずにいる。「認識」とは、かくも一面的で舌足らずで一種のデタラメのようですらある。いっそのこと大声で泣き叫んだり、高いところから飛び降りたりして、周りに迷惑をかけてしまえばよい。その方がよほど人間的だ。

私は一人の人間の存在をなかったことにすることがどうしてもできず、そうして自分だけのうのうと生き続ける、この現実を承認することもできず、さりとて承認以外の選択肢があるはずもないのだ。

生きること自体が哀しいことなのだ。それでも、今日も食物を同化して、異化して排泄する。それでいいのだ。弱い肯定。杯に花を浮かべ宇宙の塵あくたのような、この存在に乾杯だ。

大学への報告書例

次のような報告書を送ったこともあった。

《ＭＭ国の留学生が、学校に来なくなる一番の理由は生活が苦しいことだと言います。それはいくら働いても生活費に追いつかないのではなく、働けば働けるのに、それはさせてもらえないという感覚のようです。同時に、「働きながら身につけるスキル」のほうが「学校で学ぶ学習」より価値がある、と思うようになることもあるようです。そもそも留学生ですから働くことの拡大は問題があるのですが、週二八時間の縛りは沖縄県では十八時間を県条例で定めようという動きもあり、つまり土日どちらか十八時間働くことになりますが、それでも東京では生活費をすべて賄うことはできないでしょう。もう一つ、留学生を追い込む大きな理由は日本語の学習の困難さです。漢字が難問です。漢字圏の学習者にどうしても追いつけない。あとは本人の適性と努力の不足ですが、学習意欲と労働意欲は同時になくなっていくという傾向も見られます。

更にこちらの国と日本の貨幣格差があります。今回、私が懇談した五人は、生活費の不足が出た場合、親にちゃんと連絡して補ってもらう、とはっきり答えましたが、例えば二万円の赤字というのを言えない生徒もいる、とのこと。貨幣価値が約一〇倍と考えると言えないことは納得できます。逆に二万円送ればこちらの国では一人分の賃金に当たるわけですから、留学資格の喪失をそれほど恐れなければ、二万円を送金さえできれば母国は平安という思考に流れるのはむしろ自然といえます。

「学習することが自分のスキルアップに必ずつながるんだ」という自覚がなくなったら、学生をやめるしかないのだと思います。それとも農業を除く多くの産業がまだできていない、仕事のない自国に帰るか。日本での労働がそれほど苦痛でなかったら、不法滞在者としていられるだけいようということにも繋がっています。

私が話をした五人のうち二人は、現在、日本語検定N2に合格しており、来年はN1を目指すと言っていました。二人はこちらでN3を取得していたので、私はかつてN3合格者だけを留学生として送り込むことにしてはという提案を校長先生にしましたが、それはあまり現実的ではないと言われました。

今年一一月技能実習生の「介護」が解禁され、入国一年以内にN3を取得すべく、また入国五年以内に介護資格を取得すべく、動き出したと聞きました。これに倣うなら自国で

Ｎ４合格または日本でＮ３受験予定で募集すべきと考えました。》
以上思いつくままに書いてしまいました。雑説ご容赦ください。
次に1.kan hant aw 2.phyon mian hin につきまして1.kan hant aw は彼の妻のお母さんが亡くなったため帰国したのだそうです。その後は不明です。両名について今から実家に連絡して最善策を講じます。
以上ご報告申し上げます。》

中途帰国その後

タイの病院で薬をもらって一旦落ち着いた眩暈が再発し、中途帰国を余儀なくされる。

次の文は、現地で最後に書いたものである。

「眩暈発症。日本食レストランで夕食を摂った後だった。豚肉とご飯。帰路すでに変調。胃を連動させない吐き気、不定愁訴。家に着くや胴震い、顔の火照り、寒気、インフルエンザを覚悟する。新規特効薬はない。四〇度を超えると意識も飛ぶ。イオン飲料の確認。夜一〇時、麻黄附子湯、桂枝湯、抗生剤を飲んで、それらの予備を机上に並べる。鎮痛剤・

頭痛薬も置いておく。夜中、鎮痛剤服用。朝方には山を越え軽快化、同時に寝返り時、眩暈発症、結構強めだ。インフルエンザではなかった。とにかく震えは止まったのだが、眩暈に移行。朝方、バンコクでもらってきた眩暈の薬を服用。夕方四時には乗物酔止配合剤と抗眩暈錠剤に変更。こちらの方が効くように思えた。食事は、朝はパン、昼はうどん、夜は納豆で凌ぐ。」

眩暈が治まってMM国に帰ろうとしたが、京都に住む知り合いから、MM国の私の勤める学校の生徒で、自分に斡旋を依頼してきた者（MM国で訴訟に及ぼうとした二人）がある、という連絡を受けてその対応をしたり、急遽入国が許可された者（直接、私が教えていた生徒）の住民票や国民年金の手続きの手伝いのために、東京の複数の区役所へ行ったり、その生徒たちからアンケートや意見を聞いたりしているうちに年度末となり、三年目の契約はしないことになった。校長が大学と少し距離を取りたいということもあった。私はもう少し行くつもりもあって、航空チケットを手配していたがキャンセルした。

そして、仙台の外国人を受け入れている専門学校を調査してMM国に連絡報告をしたり、技能実習生の管理団体を調べて、訪問の希望調査をしたりして、校長が新たに日本に足がかりをつかむべく奔走していた。

ひょんなことから、そんな学校の複数から声を掛けられて、次年度から勤めることを勧められて受けることにした。私の心はまだ半分MM国にあったが、校長はすでにあまり熱心ではなくなっていた。MM国人の日本への入国管理局通過率が50〜60％から11％に下ったことが大きかった。ネパールなども同率の処遇を受けているが、私が新たに勤めた日本の学校のネパールの構成比率は変化していないので、日本の学校ごとの通過率が変わったのだろう。MM国は日本とはまだ縁遠いと言える。今、一番優遇されているのはアジアではベトナム、次いでタイ、インドネシアだ。この三国とは協定もある。噂では首相に近い政治家が名を連ねる組織を通さないと、MM国はダメらしい。それも、そのような組織を作るように働きかけてきたのはMM国からだと言う。日本のほとんど労働政策のような留学生制度と転職不可能な労働強化黙認の実習生制度をなんとかしないと。

そうこうしているうちに、小学校時代からの親友の死に遭遇する。親の死すら予定調和に思える。感情の回路が、ひとつ故障したままになった。

ドキュメント　友人脇山君の死

脇山君と山中君と私は三か月後に登山を計画していた。二人はそれぞれ東京・神奈川に在住。

私はすでに日本での勤務になり、仙台市にいた。脇山君は独身・一人暮らし。

脇山君からのメール

二月一一日13：38

「了解しました。温泉か！露天風呂で三人、熱燗で一杯といきたいですね。山中くんには書いてなかったけど広田くんには年賀状の角に書かれてあった不忘山登山お誘いの返信ハガキで八ヶ岳以来50年ぶりに登りたな、（「たいな」の間違いか：筆者）山中くんにも連絡してみます。と書いたかと思います。（50年か、Sさん、Kさんお元気なんでしょうか☺）（Sさん Kさんは当時知り合った女性：筆者）五月下旬と言えばもうすぐ梅雨だしそれでもアイゼンが必要なら運が無いと思い中止するか、安全な山に場所変更も検討しましょか。なにしろアイゼン未経験者なので怖い。でも使用はしないが用心の為持参するのはヤブさかではありません。

同日二月一一日20：11

脇山君からのメール。昨年ネット投稿の体験記事を見ながら。

「雪多いな！想像以上です。後、山の坂道は急坂でも平坦にしか写らないものだけど、ここは本当に急ですね。あーあ、覚悟決めなきゃな（笑）」

これが彼からの最後のメールです。

死亡推定日時：一八日夜、溺死。場所：自宅バスタブ。

二月一九日23：24

何も知らない私は、脇山君に次のようなメールを送りました。

「（省略）雪は北面の尾根下に残っていますが、登山道には少ないと思います。アイゼンは不要、ストック（ポール）はあった方がよいかと思います。宿は（ア）と（イ）を予約しました。（ア）：入り口にある唯一のホテルです。泊のみですので町場で夕食をとり、酒屋を探してビールなどを買い込んでINします。マウンテンビューの和室を取りました。朝早いので、朝食は頼まず何かを買っておいて、朝軽く食べて出ます。料金は（省略）です。

（イ）：唯一「炭酸水素泉」のとても温まる泉質の温泉がある宿です。たぶん食事も満足できる質と量だと思います。黒毛和牛が出ます。松阪牛より美味だそうです。こちらは少し高くて一人で（省略）。こんな感じでよろしいでしょうか。ではまた」

そして当然返事はなく、もう一人の仲間、山中君からメールが入った。

二月二三日 20：52

「山中です。脇山くんから返事ありましたか？」

二月二六日 21：04

私「まだありません。できれば、そちらからも聞いて確認してみて下さい。お願いします」

二月二六日　21：21

山中君よりメール「山中です。先週2/23（土）に電話したのですが、固定電話は呼び出し後、FAXになってしまい、携帯電話は、電源が入っていないか、電波の届かないところという応答になりました。心配なので明日家へ行ってみます」

二月二七日　10：22　山中君より電話「脇山君の自宅前にいます。鍵がかかっていますが、エアコンの室外機が稼働しています」

私は内心とても驚いた。勤務校に向かい、途中昼食を摂ったが味覚がすでになかった。海外旅行に行っているかもしれないと考えながら、最悪の思いが渦巻いていた。

12：23私から山中君へメール「横浜に向かいます」山中君からすぐ電話「まだ無駄足になる可能性があるから待て」ということで勤務校へ。授業をしながら携帯を教室に持ち込んだ。

13：31山中君から電話で遺体が発見された旨伝えられ、授業を切り上げて横浜へ向かった。この間、山中君が最前線で警察対応などすべて取り仕切ってくれていた。感謝。

三月四日（月）葬儀　友人七名が参集した。

漢詩を書いた。平仄は無視している。杜甫も親友の死に臨んでは平仄がなかったという。私の場合と理由は同じではないが。

「送別辞」

友有到極遠　則吹無常風
生死不撰時　何如孤老残
我心非木石　疑不慮寸刻
無覚於舌指　於耳蓋水膜
現身離自殻　其声既虚空

揶揄する友人もいたが、本当のところは気取っているのでもなんでもなく、現代の日本語で書くとどうにも違っていて、会話の言葉がすべて閉ざされた結果、このような漢字の羅列や短歌が生まれるのである。拙いが仕方がない。目の不自由な人が絵を描いたと思ってもらいたい。

奇しくも友人の死をもって稿を閉じる。思えば隣国バングラデシュでテロがあったとき、私は遺書を書いたが、そこには「切手ファイルは友に贈る存命中なら」という予告のような文章があった。痛く驚愕した。人生にはまったく予測不能の事柄が起こるものだ。

①薬品リスト

2017年12月残量（MM国留置薬を除く）

	新薬品リスト	元量	残量	処方機関	摘要	使用量
1	漢方薬㊸	32包	29	病院M	胃	3
2	胃腸薬	20包	6	店舗	胃	14
3	胃薬	20錠	12	店舗	胃	8
4	胃制酸剤	20錠	9	病院M	胃	11
5	腸疝痛剤	21錠	12	病院M	腸	9
6	胃潰瘍薬	12錠	10	S整形	胃	2
7	胃壁修復薬	1錠	0	病院M	胃	1
8	制酸剤	2錠	0	病院M	胃	2
9	漢方薬②	29包	87	病院M	風邪	-58
10	抗生物質	21錠	12	病院M	風邪	9
11	痰切り	72錠	110	病院M	風邪	-38
12	漢方薬㊺	1包	109	病院M	風邪	-108
13	抗生剤	28錠	8	病院M	風邪	20
14	漢方薬カプセル	2錠	172	病院M	風邪	-170
15	抗生剤	24錠	24	病院M	風邪	0
16	風邪薬	11錠	10	店舗	風邪	1
17	抗生剤	22錠	10	病院M	風邪	12
18	リップクリーム	1本	1	店舗	口	0
19	絆創膏	46枚	25	店舗	怪我	21
20	ビタミン剤	80錠	0	店舗	他	80
21	整腸剤	12包	162	病院M	腸	-150
22	乳酸整腸薬	41包	0	病院M	腸	41
23	含水腸剤	55錠	40	病院MT	腸	15
24	R乳酸剤	11錠	0	病院M	腸	11
25	クレオソート丸糖衣	10錠	0	店舗	腸	10
26	頭痛薬	59錠	20	店舗	鎮痛	39
27	鎮痛剤（非ステロイド）	14錠	0	S整形	鎮痛	14
28	解熱剤	12錠	7	病院MT	鎮痛	5
29	筋弛緩剤	10錠	0	S整形	鎮痛	10
30	痛み止め	15錠	0	O歯科	鎮痛	15
31	腫れ止め	15錠	0	O歯科	歯	15
32	A	1本	0	店舗	虫	1
33	虫さされ不織布	30枚	0	店舗	虫	30
34	B	50ml	0	店舗	虫	50
35	虫さされチューブ薬	2本	0	店舗	虫	2
36	軟膏	0.5瓶	0	店舗	虫	0.5
37	中国製軟膏	1瓶	0	店舗	虫	1
38	目薬	1瓶	1	店舗	目	0
39	乗物酔止め配合剤	61錠	7		めまい	54
40	抗眩暈錠剤	74錠	190		めまい	-116
41	貼付腰痛薬A	1枚	0	S整形	腰痛	1
42	貼付腰痛薬B	20枚	0	店舗	腰痛	20
43	経口腰痛剤	30錠	0	店舗	腰痛	30
44	ゲル腰痛薬	0本	0	S整形	腰痛	0
45	抗生剤入り擦過傷塗布チューブ	0本	0	病院MT	怪我	0
46	抗眩暈錠		8	タイ	めまい	-8
47	抗眩暈錠		8	タイ	めまい	-8
48	乗物酔止め		2	タイ	めまい	-2
49	頭痛薬		4	タイ	鎮痛	-4
50	坐薬	？本			鎮痛	

※残量は12月自宅にある量。MM国内に置いてきたものは含まれていない。

②帰国時調達リスト

2017.04.06

1	特別	1	ビザカード	2	病院	3	某不動産	4	私学共済		
2	薬品	1	ゲル腰痛薬	2	目薬	3	湿布	4	抗生塗薬	5	次亜パウダー（重曹粉）
		6	下痢止め薬	7	軟膏						
3	雑貨	1	ワックスシート	2	床拭シート	3	殺菌シート	4	スプーン小４本	5	たわし大小
		6	ダニシート	7	雑巾10枚	8	布巾５枚	9	ポリ袋（39×49の上）	10	ポリ袋（漬物用）
		11	スライサー	12	ピーラー	13	ステンレスたわし	14	重曹	15	8cm 蓋
		16	フライパン	17	リキッド	18	ベビーオイル	19	ベッドシーツ		
4	文具	1	0.4ミリシャープペンの芯	2	スケジュール台紙						
5	食品	1	紅茶	2	レンジで温めるご飯	3	汁の具	4	小袋味噌	5	椎茸出汁
6	土産	1	玉虫塗り	2	福島の菓子	3	プラスチックのコップ	4	チン先生用	5	ポロシャツ２枚
		6	キンキン用ユニクロ	7	チャン先生用高級飴	8	陶器				
7	その他	1	読本								

③ＭＭ国支出例

2017年5月24日～6月30日

摘要	食品	雑貨	摘要
orange	1250	5000	ガス充填
sugar1k	1200	40800	荷受け取り
egg	1250	1000	洗剤
apple drink	2200	9000	按摩
yoghurt	2250	300	mos coil
cheese	5750	4050	roll tissue 3
green mustard 2	700	2200	soap3
croissant	1200	640	d side tape
イチゴジャム	4350	4000	floor mat
チョコ	1200	4800	cup saucer
スナック	500	380	mos coil
大根小	240	4000	mail
ピーマン	217	4000	mail
人参	271	5000	洗濯謝礼
生姜	61	5000	洗濯謝礼
胡瓜	250	5000	洗濯謝礼
お酢	5800	400	ライター
ジュース 2	900	2600	naphthalene
レモン	482	4100	babylotion
パン	1200	380	mos coil
apple drink	2200	2900	freshness
thai mustard 2	600	5000	洗濯謝礼
うどん	5100	450	釘
orange	1200	1000	物干し紐
aquarious	300	550	name tag 4
1water 6	1150	5000	洗濯謝礼
grapefruit	1300		
apple	1000		
yoghurt	2250		
corn snack	1600		
paprika	318		
croissant	1200		
yokozuna	5830		
yoghurt	1250		
white mustard	300		
energy drink	620		
myanmar beer	1050		
yoghurt	350		
no poli bag	550		
potato chip	900		

摘要	食品	雑貨	摘要
yoghurt	2250		
thai mustard 3	900		
banana	732		
egg	1400		
cheese	4250		
yoghurt	2250		
radish s	158		
bell pepper red	720		
marmalade	1650		
lemon	434		
china carrot	240		
thai mustard 3	900		
ginger	61		
cucumber	200		
apple	1100		
sugar1k	1200		
orange	1000		
パン	1200		
cucumber	200		
spaghetti	1150		
soyabean	380		
パン	1200		
プリン	800		
yoghurt	2250		
orange	1000		
processed cheese	2650		
sugar1k	1200		
carrot	246		
poteto chip	900		
egg plant	180		
cucumber	200		
lemon	711		
jinger	211		
bell pepper g	905		
thai mustard 3	900		
spaghetti	1150		
hot dog 2	1400		
cake 2	1600		
croissant	1200		
yoghurt	2250		
soyabean cup 3	3850		
juce 4	3000		
	60339	117550	
	TOTAL	177889	

著者経歴

広田《ひろた》　杜彦《もりひこ》（本名　森田　宏彦）

1952 年神奈川県生まれ

都留文科大学卒業

神奈川県・宮城県の高校で教鞭を執る。ミャンマーでの日本語学校教師経験を経て、現在宮城県で県立学校と日本語学校教師を兼務。68 歳

南方文筥《なんぽうふばこ》　MM 国日記―ある日本語教師の記録―

令和 3 年 4 月 1 日　初版発行

著　者　　広田　杜彦

発行・発売　株式会社三省堂書店／創英社

〒101-0051　東京都千代田区神田神保町1-1

Tel：03-3291-2295　Fax：03-3292-7687

印刷／製本　三省堂印刷株式会社

ISBN978-4-87923-089-8　C0095